今聖嘆 著

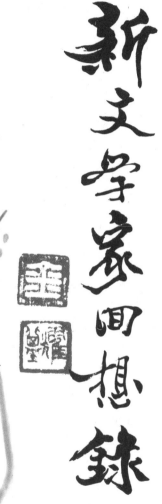

新文學家回想錄

儒林清話——

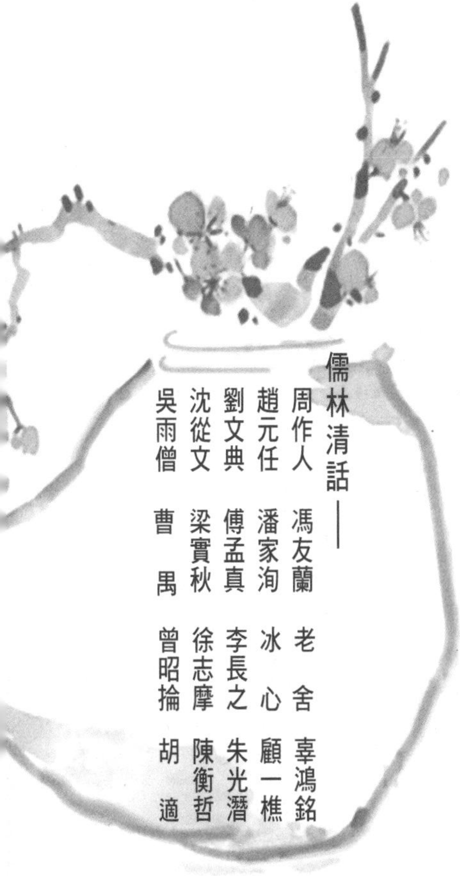

周作人 馮友蘭 老舍 辜鴻銘
趙元任 潘家洵 冰心 顧一樵
劉文典 傅孟真 李長之 朱光潛
沈從文 梁實秋 徐志摩 陳衡哲
吳雨僧 曹禺 曾昭掄 胡適

銀匯出版

作者簡介

程靖宇一九六二年六月十四日攝於香港，時主編《獨立評論》。

程綏楚（一九一六——一九九七），湖南衡陽人，字靖宇，以字行，筆名有今聖嘆、丁世五、一言堂、陸天臺等。祖父程商霖，曾官兩淮鹽運使、湖北江漢關監督，誥授光祿大夫。父程嘉堯，著名律師。

程綏楚生於北平，畢業於西南聯大史學系，受業於陳衡哲、陳寅恪門下。頗得胡適器重，胡適逝世後，曾編《胡適博士紀念集刊》（香港獨立論壇社，一九六二年）。

一九四八年移居香港，來港前任教於天津國立南開大學，一九五一年與人創辦香港崇基學院，任崇基學院講師兼任圖書館館長，兼職寫作，在各大報章中開設專欄撰寫文章；如曾應金庸之邀，在《明報副刊》開設專欄，又在《新生晚報》連載「儒林清話」，也即後來結集出版的《新文學家回憶錄——儒林清話》（香港文化．生活出版社，一九七七年），一經面世，大獲好評，一時洛陽紙貴，遺韻廣佈，流傳至今。

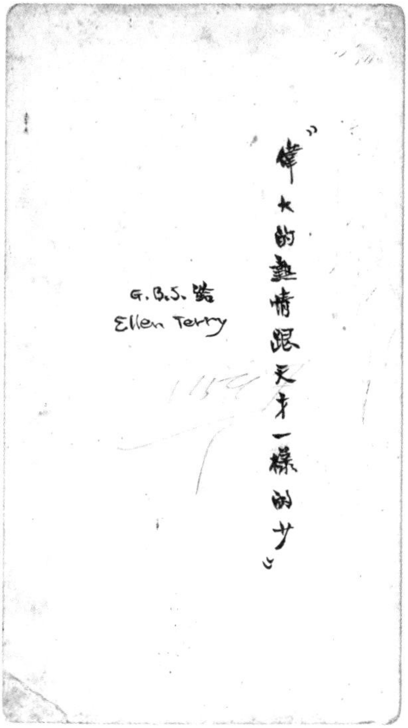

作者在湖南國立長沙臨時大學入讀時攝。照片背後作者親題大文豪蕭伯納寫給英國著名女演員艾倫·特莉情書中的一句話，寓意深遠。

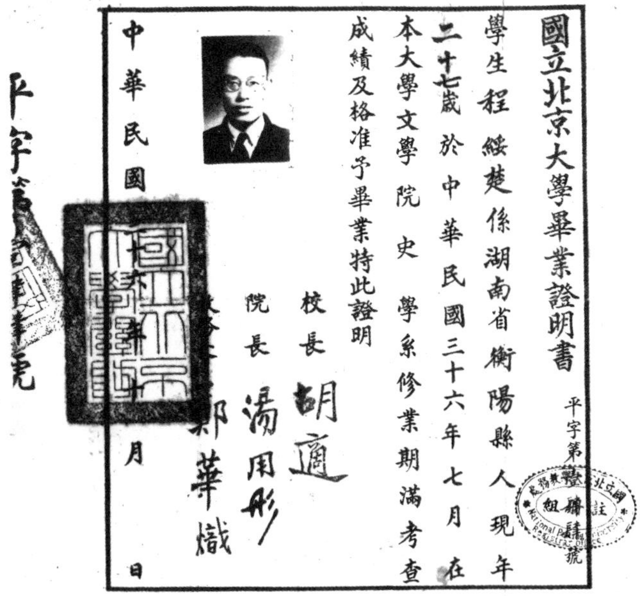

國立北京大學畢業證明書

平字第　　號

學生程綏楚係湖南省衡陽縣人現年二十七歲於中華民國三十六年七月在本大學文學院史學系修業期滿考查成績及格准予畢業特此證明

校長 胡適

院長 湯用彤

系主任 鄭華熾

中華民國　　年　　月　　日

作者獲頒發國立北京大學畢業證書

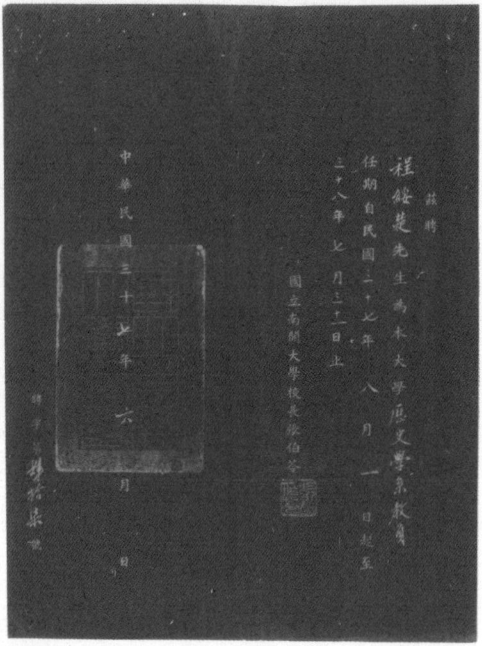

茲聘
程綏楚先生為本大學歷史學系教員
任期自民國三十七年八月一日起至
三十八年七月三十一日止
國立南開大學校長張伯苓
中華民國三十七年六月　日

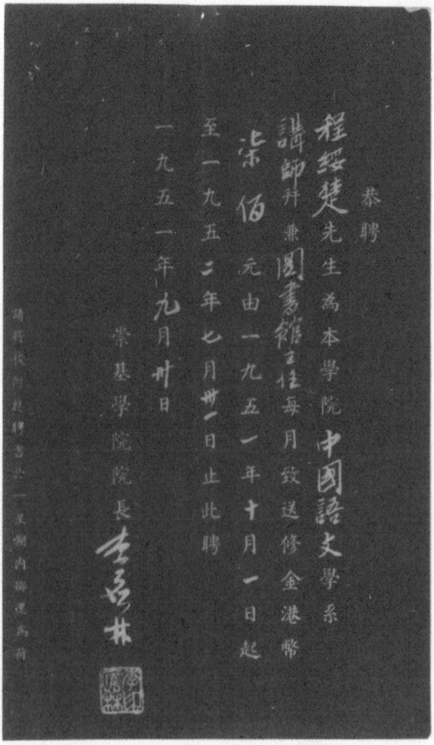

恭聘
程綏楚先生為本學院中國語文學系
講師并兼圖書館主任每月致送修金港幣
柒佰元由一九五一年十月一日起
至一九五二年七月卅一日止此聘
崇基學院院長李應林
一九五一年九月卅日

作者獲天津國立南開大學（1948 年）、香港崇基學院（1951 年）聘用的聘任書

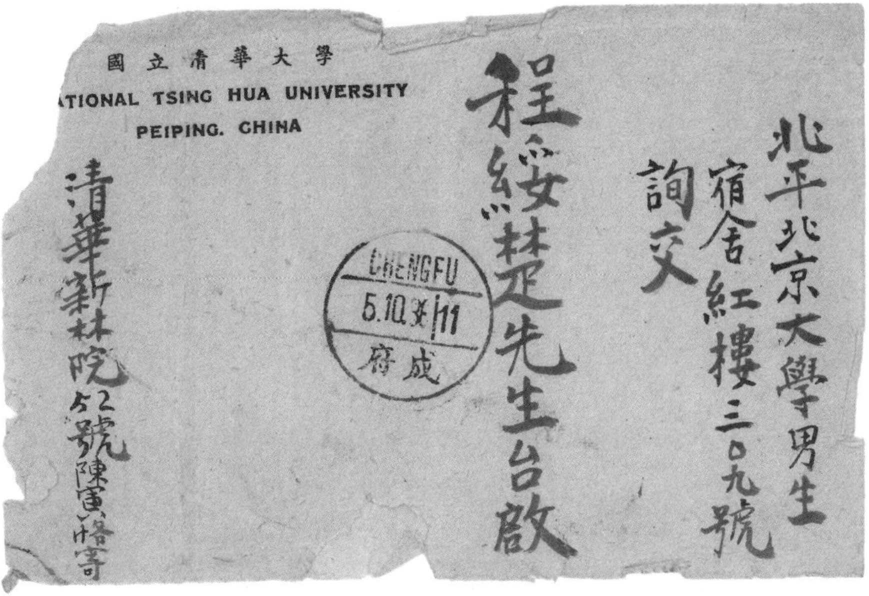
國立清華大學
NATIONAL TSING HUA UNIVERSITY
PEIPING. CHINA

北平北京大學男生宿舍紅樓三〇九號
詢交
程綏楚先生台啟

清華新林院52號陳寅恪寄

CHENGFU
5.10.38 11
成府

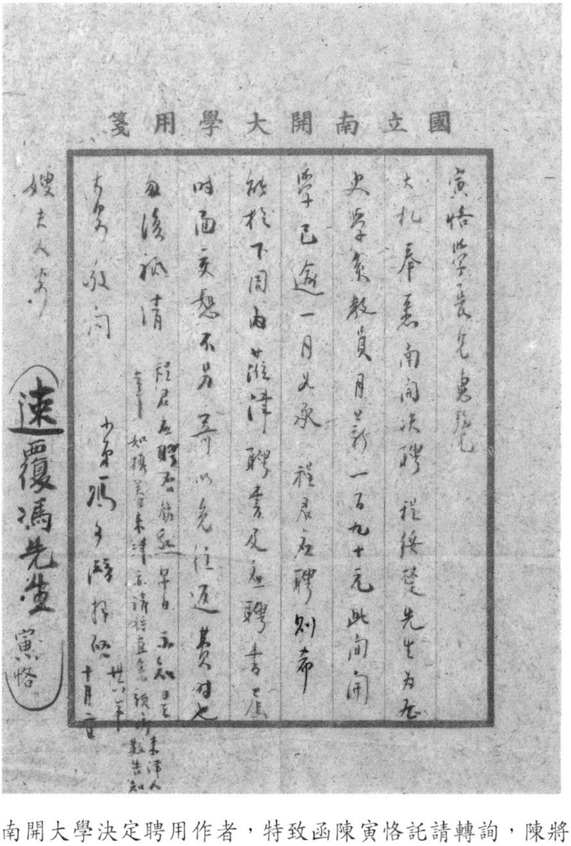
國立南開大學用箋

速覆馮先生
寅恪

1948 年，國立南開大學決定聘用作者，特致函陳寅恪託請轉詢，陳將此函轉作者。

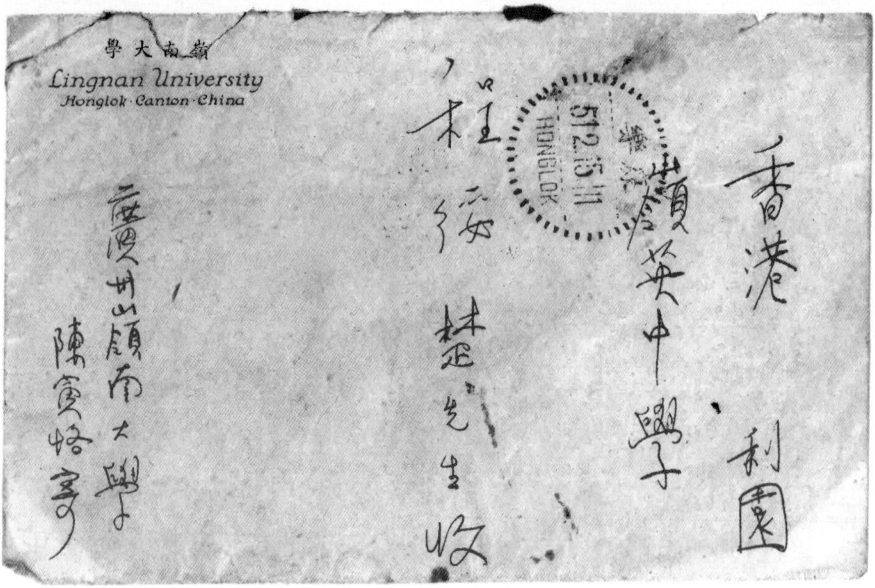

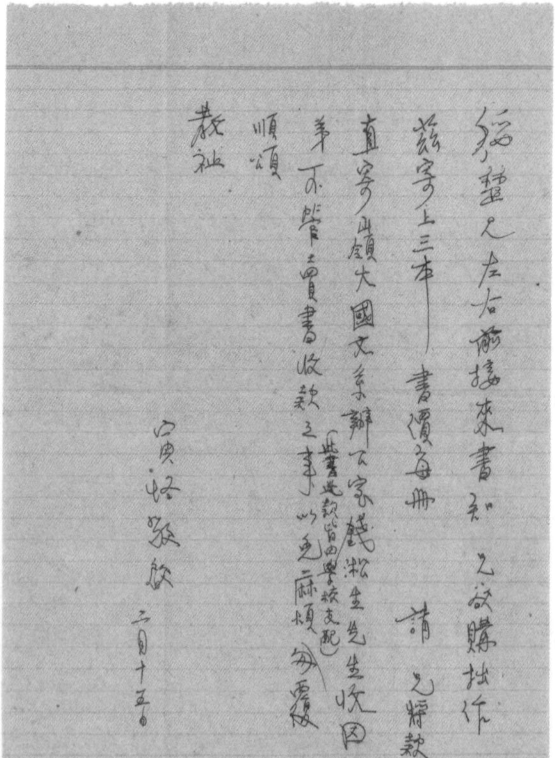

陳寅恪 1951 年 2 月 15 日致作者函

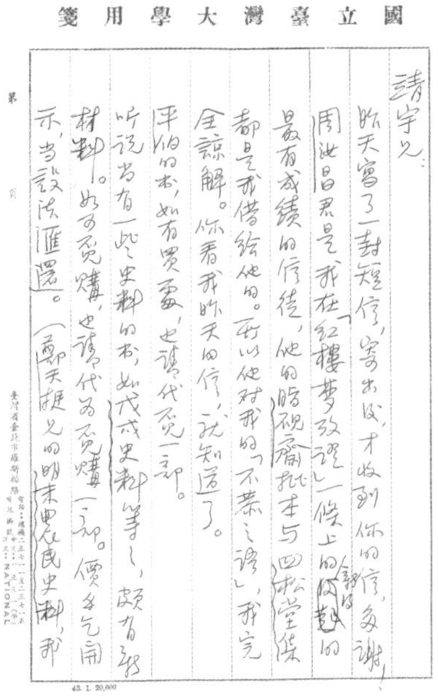
國立臺灣大學用箋

靖宇兄：

昨天寫了一封短信，寄出後，才收到你的信，多謝！

周汝昌君是我在「紅樓夢考證」一條上的[illegible]的最有成績的信徒，他的脂硯齋批本與四松堂集都是我借給他的。所以他對我的「不恭之詞」，我完全諒解。你看我昨天的信，就知道了。

平伯的書，如有買處，也請代買一部。

聽說香港有一些史料的書，如「戊戌史料」等等，頗有新材料。如可買得，也請代為買一部。價多少乞開示，當設法匯還。（鄭天挺兄的明末農民史料，我

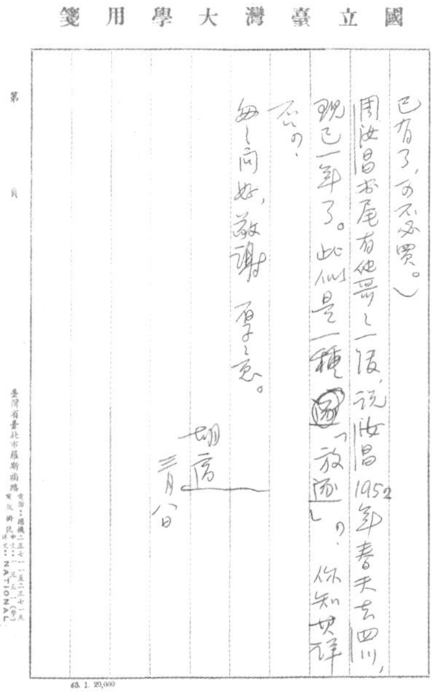
國立臺灣大學用箋

已有了，可不必買。）

周汝昌書尾有他哥哥一跋，說汝昌1952年春天去四川，現已一年了。此似是一種「放逐」的？你知其詳否？

匆匆問好，敬謝厚意。

胡適

三月八日

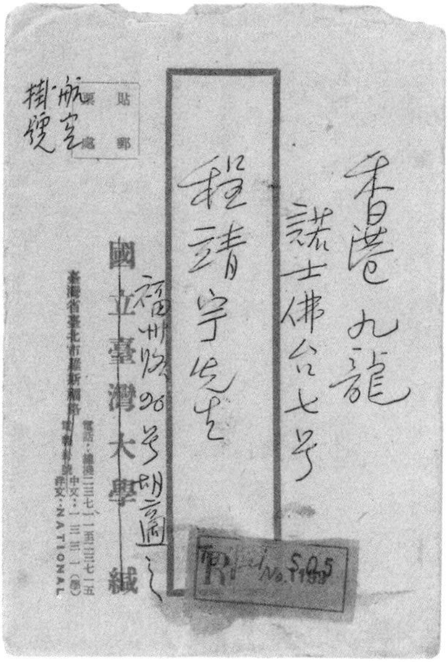

胡適1953年3月8日致作者函

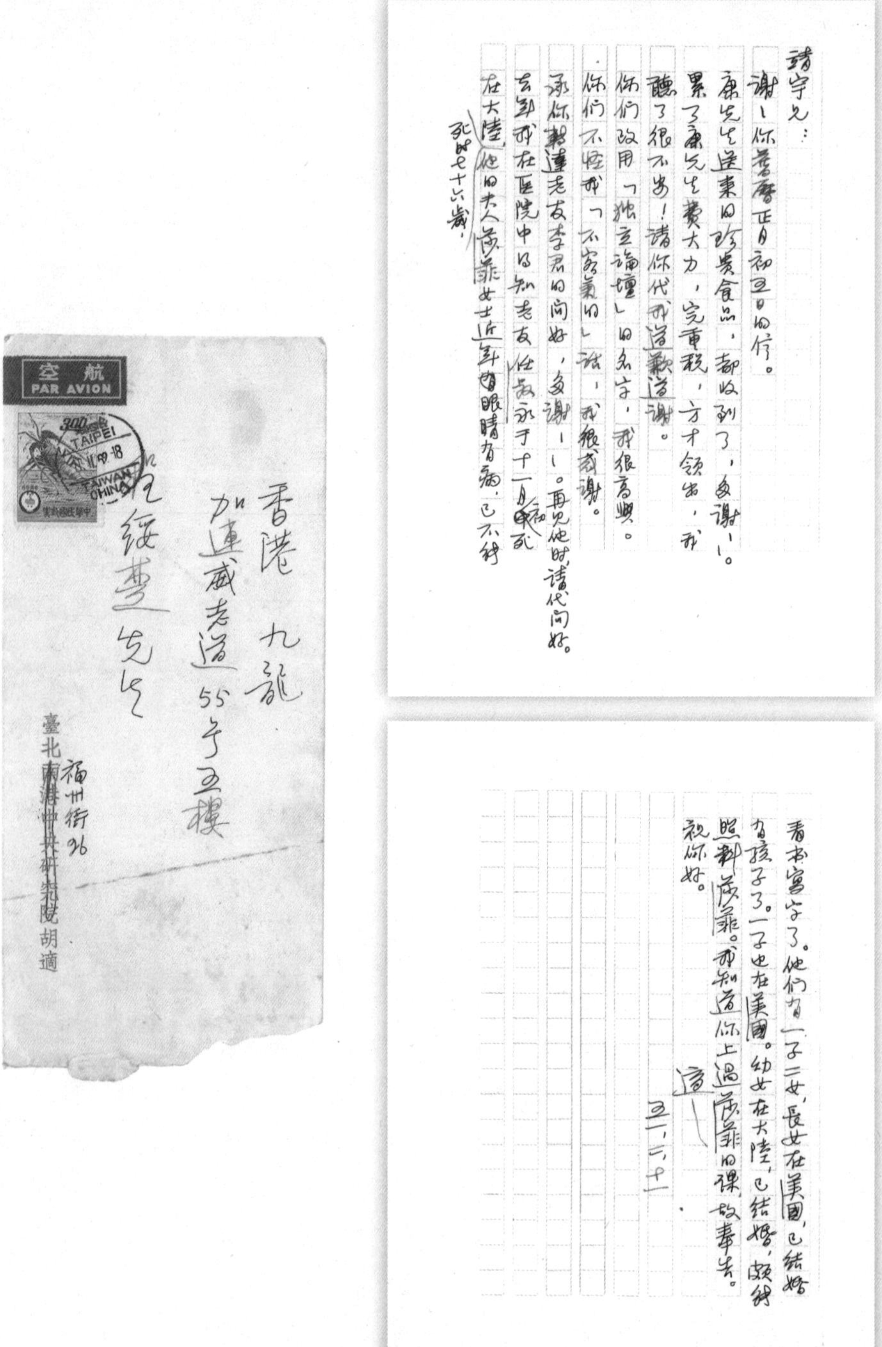

靖宇兄：

謝謝你舊曆正月初五日的信。

康先生送來的珍貴食品，都收到了，多謝謝。累了康先生費大力，完重稅，方才領出，我聽了很不安！請你代我道歉道謝。

你們改用「獨立論壇」的名字，我很高興。

你們不怪我「不客氣的」話，我很感謝。

承你轉達老友李君的問好，多謝謝。再見他時，請代問好。

去年我在醫院中得知老友任叔永于十一月初死在大陸，死時七十六歲。他的夫人莎菲女士近年因眼睛有病，已不能看書寫字了。他們有一子二女，長女在美國，已結婚，有孩子了。一子也在美國。幼女在大陸，已結婚，頗能照料莎菲。我知道你上過莎菲的課，故奉告。

祝你好。

適

五一，二，十一

胡適 1962 年 2 月 11 日致作者函

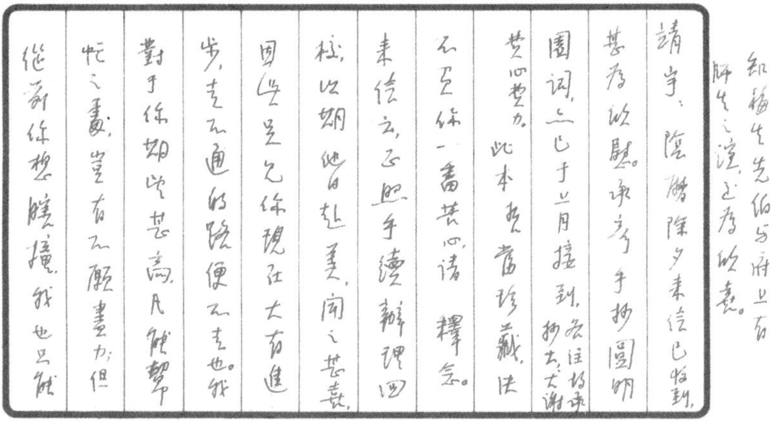

請早：陰曆除夕來信已收到，
甚為欣慰。承為手抄圖明
園詞，亦已于正月接到，多承抄去，大謝
費心費力。此本當寶藏，決
不負你一番苦心，請釋念。
來信云，正照手續辦理回
校，此頗饒趣美，聞之甚喜，
因此足見你現在大有進
步，甚不通的話便不甚也。我
對于你頗覺甚高，凡能幫
忙之處，豈有不願盡力，但
從前你想法讓，我也只能

知梅先生伉俪並府上各
師生之誼，並為致意。

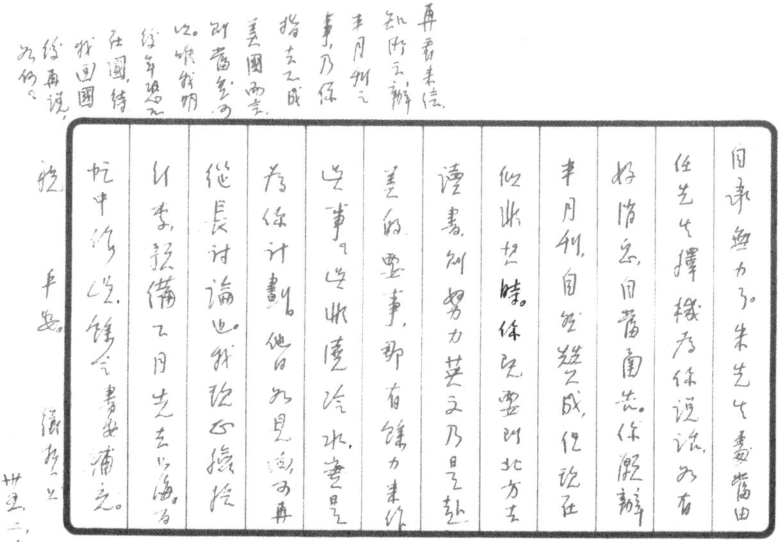

自己無力了。朱先生處當由
任先生擇機為你說說，如有
好消息，自當函告。你既辦
半月刊，自然禁之成，但現在
似非其時。你只要到北方去
讀書，細努力英文，乃是極
要的要事，那有餘力來作
此事，此非讀論水，無是
為你計劃。他日如見面可再
從長討論也。我現正擬於
行李預備，下月先去上海，不
忙中得暇，餘容後補之。

祝
平安。
衡哲上
卅五，二，十五。

再：看來信知所云辦半月刊之事，乃係指去不成美國而言。所謂當然可以。但我明後年想不往國，待我回國後再說，如何。

陳衡哲 1946 年 2 月 15 日致作者函

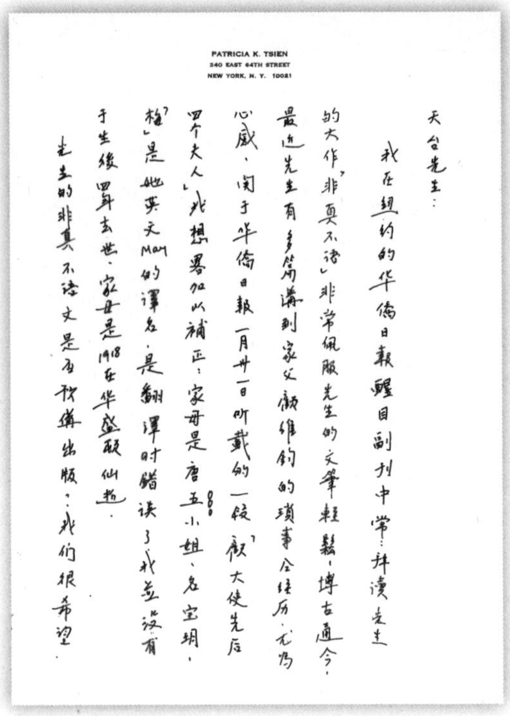

PATRICIA K. TSIEN
340 EAST 64TH STREET
NEW YORK, N. Y. 10021

天台先生：
我在紐約的华僑日報醒目副刊中常常拜讀先生
的大作"非真不語"非常佩服先生的文筆輕鬆，博古通今，
最近先生有多篇講到家父顧維鈞的瑣事全經历，尤為
心感、關于华僑日報一月廿一日所載的一段「顧大使先后
四个夫人」我想略加以補正：家母是唐五小姐、名宝玥、
「梅」是她英文May的譯名，是翻譯时錯误了，我並沒有
于生後四年去世，家母是1918在华盛頓仙逝。
先生的非真不語文是否預備出版？我们很希望

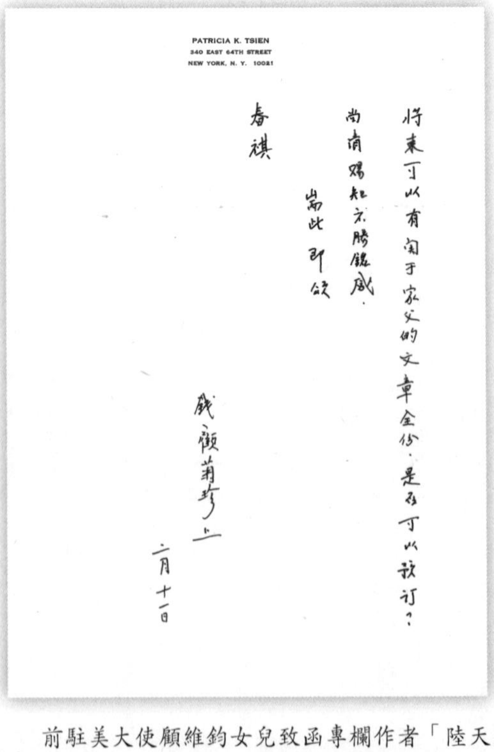

PATRICIA K. TSIEN
340 EAST 64TH STREET
NEW YORK, N. Y. 10021

將來可以有關于家父的文章全份，是否可以訂？
尚請賜知，不勝銘感。
耑此 即頌
春祺
錢顧菊珍 上
二月十一日

前駐美大使顧維鈞女兒致函專欄作者「陸天臺」（作者筆名之一），更正謬誤

序

鄭明仁

幾個月前，程鼎一邀約沈西城兄和我在上海總會午飯敘舊，席間鼎一出示其父親程靖宇的舊著作《新文學家回想錄》，此書是程老先生早年刊登於香港《新生晚報》副刊的文章結集。程靖宇原名程綏楚，湖南衡陽人，生於一九一六年，卒於一九九七年，他先後在北京大學和西南聯大讀書，為胡適先生所器重。程靖宇先生上世紀六十年代用「丁世五」筆名在《新生晚報》撰寫《儒林清話》專欄，所談的人物都是他大學時代親眼所見、親耳所聞的，寫成文章格外有親切感和說服力。香港著名書評人黃俊東先生很喜歡《儒林清話》文章，每天把程先生的文章剪下來，慢慢就變成一本文學剪貼簿，十多年後黃俊東兼職「文化．生活出版社」，他建議出版社徵求程靖宇同意，把剪貼簿的舊文章結集出書，出版社同事翁靈文跟程靖宇相識，由翁靈文出面。結果一拍即合，書名定為《新文學家回想錄》，「儒林清話」則作為副題，作者也改署「今聖嘆」，一九七七年九月出版，大獲好評。此書已絕版多年，現在一本難求。

吾生也晚，沒見過程靖宇先生，但「今聖嘆」（程老常用筆名）三字如雷貫耳，「才子今聖嘆」早已享譽香港報壇和文壇。多年前，一個偶然機會讓我擁有程靖宇先生這本名著《新文學家回想錄》。事緣黃俊東先生移民澳洲之後，他把剪貼簿連同一封介紹剪報集來龍去脈的親筆書函交給香港新亞書店拍賣，我順利投得。後來，我認識在國泰航空公司任職高層的程鼎一，獲他告知其父乃程靖宇先生，我把拍得程老先生文章的剪貼簿一事告之，鼎一稱這是難得的文學緣份，以後每次和鼎一見面，話題總離不開程老先生的故事。鼎一這些年來一直都在整理父親的資料，包括父親留下的文字和其他人寫程靖宇先生的文章，鼎一似乎要替父親做點文字方面的事。

幾個月前的飯局無意之中替鼎一完成這件心事。我們午飯原是久未見面聚一聚而已，另外，西城兄要寫一篇關於程靖宇逸事的文章，因此順道向鼎一索取資料。鼎一帶來其父的《新文學家回想錄》，連說這是孤本。此時，西城兄順口搭上一句：「既然一書難求，而且內容又那麼好看，這本書就借給我，讓我找相熟出版社重新設計排印出版，這樣一來令尊的大作便可繼續留傳，也可讓更多讀者受益。」西城兄這番說話說到鼎一的心坎裏，鼎一二話不說便把父親的遺著交到西城兄手裏。我旁觀整個過程，當天還以為西城兄只是隨便說說，飯後便會忘記得一乾二淨，豈料幾個月後西城兄來電說新書已完成排版，正在校閱文字，鼎一也已選定封面設計。西城兄劍及履及，還要我替新書寫篇小序。

寫這篇小序讓我回憶起上述文壇的一段文學姻緣，沒有黃俊東的剪貼簿，便沒有一九七七年的《新文學家回想錄》出版。四十多年後的今天，程鼎一希望父親的文章能千秋萬世流傳，這是兒子的心願，西城兄明白鼎一作為人子的孝心，努力促成其事，上一代的文學姻緣因此得以延續，沈西城的功勞絕不遜於黃俊東。我有幸認識兩代文學姻緣的紅娘。

寫於二〇二〇年平安夜

採稆文存自序

程靖宇

此集係早歲為報刊所撰感舊憶往之作，亦有近至數月前者。其初名曰《儒林清話》，今仍因之。

溯自一九四八年從天津南開大學浮海南逃，於除夕先一日入鯉魚門抵香港，不意一個月後便繼續余舊業，作「人之患」。睡碌架之床，用光管之燈，室無窗而有門通風，每週上課三十有八堂，課卷月逾千本，壓力頗重，鐵鍊很緊，無暇讀書，亦無暇作文。凡五學期，至一九五一之秋，會南海李應林博士、香港何明華會督並英美加等教會在港創立崇基學院，余濫竽講席授通史兼長圖書館；乃得重理筆墨，偶寫散文時論，刊諸新生晚報、星島等報。其後擴而廣之，為工商日晚報、香港時報、新報、明報、快報、星報、真報、萬人日報、今日世界、與近年之大成月刊；或作散文小品，或寫說部時論，其中關係最早最久者為新生與工商，而「今聖歎」筆名，即最早用之於新生者也。時年青力壯，最多日寫萬字，各報刊所用之笔名不一，隨遇而安，但求採稆得外快，不求聞達於士林。生逢越亂越好之世，布居愈富愈艱之城，流落香港，轉眼卅年。初則業餘，漸成稿匠，浪得虛名，慚悚交並。年來師友促我自為文選者，有已作古之夏濟安兄；哥大教授夏志清兄，昆仲皆北大紅樓之舊友；有柳存仁、徐訏等北大學長，余皆遜謝不敏。蓋粗製之作，文匠之技，集而成書，書之辱也。況時間已過，何止數千萬言，從未剪存，何由蒐選？乃吾友翁君靈文（運慶），因余與其兄開慶、傳慶、興慶，皆北平匯文同窗，翁氏昆仲為常熟文恭曾孫，中學時與余同辦文學刊物於崇文門船板胡同者，竟從明報資料室獲得多種舊報刊合訂本，影而集之，來告余曰：

「且先集儒林清話。此乃感舊懷賢之作，每一人皆兄親承色笑，親聆教益之學者、作家，較之道聽塗說摭拾書本者似更富親切之感。余友業出版，曷印而刊之？」余曰：「輕塵足岳，墜霞添流，居然文存，豈不羞煞？勞吾兄校字，深以為謙。」峻拒不可，既排校矣，索一言為序，乃為述鬻字人饑之源流如上。

丁巳春初程靖宇序於一言堂之向山町館

目錄

只為智者識得重與輕

——京兆布衣知堂老人

周豈明先生早年所作的「懷愛羅先珂」的文章，現在仍舊是本港英文中學一年班的國文教科書的教材，和陳衡哲先生的《小雨點》，許地山的《落花生》，都是少年朋友愛讀的課文。早年周先生的文章，不僅是清淡而是淡中蘊有濃厚的感情，藉着對愛羅先珂君在北平他家裏留住時候的回憶——和他四歲的一個姪兒「土步公」的嬉戲和互相嘲弄，使人們對盲詩人的離去，感到說不出的懷念。這正是早年知堂的散文精品，那時還不過一九二三年，先生不過三十多歲。

盲詩人愛羅先珂從小兒就雙目失明，在莫斯科受盲人教育，詩做得極好，童話也寫得極好。他流浪到巴黎和印度，因為他是個虛無主義者，印度等地不肯容留他，便去了日本。在一九二二年，日本政府勒令他出境，他在倉皇之中，帶了一口破皮箱到了北平（那時還叫北京）在北京大學講學。那時候北大正是蔡元培先生第二次長校之時，蔡是主張百家爭鳴的文化界最有器量的領袖，盲詩人便住在西城八道灣周家，在周作人先生兄弟家裏作客。他被日本政府驅逐，卻仍然懷念日本，愛日本的孩子和小百姓。他一到了北洋時代的北京，就關心胡同裏滿街亂跑沒有書讀的貧苦小孩子，替他們着急。愛羅先珂離北平以後，便沒有消息了，他說他要回俄國去看看。其時俄國已在布爾什維克統制之下，像他那樣的詩人，前途是不言而喻的。他走了以後，周先生很懷念他，還收了愛羅君向倫敦訂來的盲人雜誌。那渾名叫「土步公」的周老三的兒子，當時回敬愛羅先珂一個含着不大好的意思的渾名，叫他「愛羅金哥」，使得盲人窘極了。可是愛羅君一去杳無消息，孩子漸漸大了，早忘了這位沒有眼睛的朋友了。豈明先生這篇文章，是抒情文中之上品，既不同於語絲上的激烈的向舊勢力打鬥的論文，也不同於晚年知堂的爐火純青的討論思想的讀書筆記。五四以來，公認散文寫得最成功的，數周二老，無第二人能及。而且胡適之先生在課堂上曾經勸過學生：「周先生的散文，你們是學不會的，也不一定要學他的。你們的白話文的老師是施耐菴、曹雪芹、吳敬梓、劉鐵雲他們。」但周的弟子之中，卻有不少的人學周派的文格學得很像，可惜學識無法有乃師的博達。

七七事變時，他沒有離平，日本當局早盯住了他。筆者最後見到這位老人，是在事變前的三月，那天下午我到「百花深處」（街名）的八道灣去，送了魯迅在上海翻印《死魂靈》百圖的木刻集和顯克微支的版畫集去給他，剛進他書庫西間的客廳時，有一個三十多歲的長袍漢子在跟他談天，我一句也聽不懂，只好坐在一旁吃苦茶。前後院子裏的杏花正開得如火如錦，古雅而透着一股陳年木料和書物香氣的房舍，夾在前後滿園春色之間，談話是那樣的閒適，主賓是那樣地無拘無束，這只有當年的北平才辦得到。那客人臨走之時，將三本中文書還給他，還將放在桌上送的一盒糖果讓了一讓，在四十五度的深深鞠躬時，我發現那人是日本人，難怪他們說的我一句也聽不懂。我還當是紹興話呢，想不到竟是日本話。那天以後，再在五月去過一次，只見了他姪兒——已經十六七歲了，大概就是「土步公」吧？他那天去北大開會了，以後是暑假，不久就七七事變了，回南以後，再沒有機緣相見了。戰後在南京，同着嬸嬸去看審周佛海，第三天便是知堂老人的庭期，可是我不願意去，我想這是一種迴避的禮貌，當夜我乘車去了上海。

當開戰之後，胡適之先生正在倫敦，接到政府請他出任美國大使的特命，在倫敦旅館裏用印有旅館名字的便條，寫了一首新詩寄給他，勸他離平去昆明。新詩頗不易記，現在記得這些行句：

藏暉居士昨夜作一個夢，
夢見苦雨菴中吃茶的老僧，

忽然放下茶鍾出門去，
飄然一杖天南行。
天南萬里豈不大辛苦？
只為智者識得重與輕！
夢醒我自披衣開窗坐，
有誰識我此時一點相思情。

一九三八，八，四。倫敦。

請到寒齋吃苦茶

講孔子中庸之道的文學家思想家，決不是不積極的思想家，反而是極有毅力極不退讓的刻苦的文學工作者，知堂老人用毛邊紙文章扁格子，中國毛筆寫稿，既沒用過鋼筆，也沒用過書記抄錄。這不過是寫作生活的習慣，至於應付事情，則不偷閒之處，他半分也不偷閒，不該退讓之處，他半分也不退讓。

這種不退讓的事實，最好拿知堂老人在戰前的教書生活為例，在北洋政府時代，他是《語絲》的健將，在各大學教課，他也一樣地是一名健將。周作人三個字名氣太大了，所以除了沙灘的《語絲》大本營外，他兼了女師大、北平大學女子文理學院、燕京等學校的功課，其中以北大為中心，所以他特別要干涉「系政」，而他當時又是中文系和外文系的合聘教授。例如每年夏秋之交，對於中文系課程的排定，系主任不論是文學院長胡適之先生兼着，或由馬玉藻擔任，都必須得到他的過目。有許多人事上和課程上的安排，他是說一是一，說二是二的，決不退讓半分。所以去請教他和他商酌過的人，在回來的時候，一定搖頭嘆息道：「難難難，二老者，天下之大老也。」知堂行二，魯迅為長，人皆以周二老稱之。

他在五十歲的時候，有打油詩自壽，詩刊《人間世》雜誌，當時和者有錢玄同劉半農林語堂等，原詩云：

常說出家今在家，且將袍子當袈裟，街頭競日聽談鬼，窗下終年學畫蛇。
老去無端玩古董，拖鞋赤足掃芝麻，人家若問其中意，請到寒齋吃苦茶。

這「苦茶菴」的苦茶，不但聞名於中國文壇，日本文壇，而且聞名於英美文壇，其實也不過一隻檀木大茶盤，盤中一隻大大的日本古典型有藤攜手的茶壺，五隻有蓋的圓茶杯（日本茶具是一對五），其中之茶葉，亦不過香片龍井而已。來客之時，聽差端到主客之間的矮木几上，主人親手斟第一杯，以後則主客自斟，不拘客套。客堂在大北房的西間，這是外院，八道灣的房子很寬大，外院有極大的園子。民國初年的沙發，排在南窗之下，但後面四壁都是有玻璃門的書櫃，這裏是藏歐文書之所，一直伸展到北窗的另一半，左右兩面壁下，都是書櫥。但中文書則在東間和正中的一大間，那簡直是書庫。和客人談着，飲着這普通的茶。他的一個燕京的潮州學生，送他一套潮州茶具，卻不見他用，也許因為潮俗的飲茶，小杯子太小過頭了吧？如果在夏天，則另有一隻簸箕放在一角的茶几之上，裏面盡是各式的紙扇團扇，老人敬一把給客人，自用一把。北平夏天雖熱，而無太陽之南北窻房中，則並不蒸人，反而有涼風息息，假如手中有把團扇，隨手揮揮，邊談邊飲，比用電風扇或冷氣機要舒服得多。

圓長形的端正儀容，中上的個子，在家裏夏季一定是杭紡衫袴，北平流行華達呢平底朝鞋，無邊金腳近視鏡。如果在冬天，那一定是舊綿綢絲棉袍子，房中燒着鐵洋爐。不過北平冬季的北房是終日有太陽曬的，不升火也很暖了。你可以向老人請教日本古典文學，六朝平民文學，希臘神話和戲劇，他無不盡量答覆，不厭其詳，是以誠相見，其待人接物之和藹而誠敬，我想是得益於純儒家的修養。日本學者，稱豈明先生和圍棋大王吳清源為「支那二寶」，以為係六朝不食人間煙火的大思想家，卻不知他一方面得益六朝之清淡，和儒家的不偏謂之中，另一方面則得益於他對希臘學問，和歐洲尤其英國文學深湛的造詣，而且他是和潘光旦一樣的，對於英儒藹理斯一派的性心理學，老人原是最早的研究者之一，而且他向來是用生物學作為人生基礎的儒者，但他承認民俗學之可貴。所以他和中國任何儒生一樣，並無簡單之宗教，但有其立腳點，決不動搖之道德界線。

趙元任函授習游泳

有位讀者朋友，來信囑寫趙先生，而且問筆者何以不在「話」楊步偉女士之後，就「話」一話趙先生，茲特提前聊一聊這位號稱「世界最少的幾對耳朵中之一對」的大語言學家趙元任博士。

關於趙先生不是不談，因為筆者列出了一張名單，將最老輩的胡適之、陳衡哲、陳寅恪、周作人、趙元任和魯迅等放在一處，準備寫到沒人可寫的時候，再動筆寫他們。趙先生不是一篇話得完的，所以便躭擱下來啦。這位最大的語言學家的博士學位不是語言學，而是自然科學中之物理學博士（哈佛？）。可是當他發覺他的耳朵有非常人的「天才」時，才開始專攻語言學，成為二十世紀我國在國際上負有第一等聲譽的大學者。我們可以誇一句海口，日本學術界是從不讓人的，但有幾位二十世紀的中國享譽世界的大角色，卻是日本所絕對沒有的，如趙元任先生這樣的天才，林語堂這樣的英文寫作本領（日本英文文學作家，儘有正式英文文學作者，但不及林氏之通達），如胡適之先生這樣的成為二十世紀的斷代國際公認的思想家（「日本胡適之」曇花一現，差得太遠了）。如日本人承認的「支那二寶」之一的周作人，都是日本至今無法產生的角兒。趙先生的天才和力學之驚人，堪稱曠世無二，簡直可以說是一個千年難遇或者可遇而不可求的怪傑。他是江蘇常州武進人，江南出才子，本來不算一回事，不過像這樣的才子，卻實在太少有了。

他的一對耳朵，在音樂方面辨音能力，早經過最新儀器的實驗，國際上公認他是一共不到五對耳朵之一對。近代學語言的方法，早已不是「靠說話學說話」了，而是「學說話靠聽話」了。俗語說「十個啞巴九個聾」又說「天聾地啞」。天聾是指一個先天生下來就耳朵聾的人，地啞的地字，是指「後天」，先天耳朵聾的人，後天一定是個不會說話的啞巴。啞巴不一定是舌頭和聲帶有毛病，而大半是因為一生下來耳朵就聾了，根本就沒有聽過人類說話的聲音，所以才無法說話。趙先生之成為世界少見的語言家和音樂界早已公認的中國最好「和聲學家」，大概就因為他有一對超乎尋常的耳朵，能聽出極細微的方言的分別，能辨出用儀器才能測出的「音的偏差」。

這裏不打算談他的專門成就，我只舉兩個例子，說明他對科學的信仰與天才。陳衡哲先生有一次告訴我道：「趙先生學游水，是從哥倫比亞大學的函授學校學會的。他從前在美國，忽然寫封信向哥大的函授學校索取了一份游泳講義，然後就在家裏，爬在長條桌上，照着講義上所說的手腳應該怎樣動作，呼吸應該怎樣控制。他自認為已經練得熟了，便拿了一條毛巾，穿上一件泳衣，同着幾個游水的朋友到海濱去，一點也不遲疑便跳下了水，就這樣他學會了游泳。」這事情知道的人只有和他同時在清末民初留美的前輩才知道，可能哥倫比亞大學賺錢最多的函授學校，游水函授成功，最快而又最可靠的應該只有趙先生一個人吧。因為凡習過游泳的，都一定記得初學之時水的無情和可怕。函授學會理論不難，難在趙先生敢於相信敢得立刻跳下水去，而且成功了。

第二件事情是趙先生能說中國的和外國的各種不同的主要方言，所謂說，是說得和當地人一樣。哈佛出版的研究廣州語和台山語的書，是他著的。他當年還不會台山語的時候，只費了一個月的功夫，據他自己說好容易才學會了省城話（廣州話），便到台山去用粵語演說，由另一位台山先生翻譯。後來他將台山語學會了，而且前七八年他在美國主要的工作便是台山語系的研究。他在美國到處跑，在喬治亞州和黑人說話便說黑人的語言的美國話。趙太太自傳中說：「戰後我們到歐洲去參加世界科學會議，在巴黎車站，趙先生和提行李紅帽子即刻說他沒有機會說的巴黎市俗土語。那提行李的聽了，便向他嘆道：您回來啦！現在可不如從前了，巴黎窮了。後來我們到了德國福蘭克馥趙先生又說福城的土音德語，他們又向他說：您回來了？打完仗頭一次回來呀。趙先生最大的快樂就是到了世界任何地方，人家都說他回來了，都認他是老鄉。」

在民國十一年商務印書館出版的《阿麗斯漫遊奇境記》的中譯本，是趙元任先生對「國語」實驗工作的一個嘗試，全用的是「北平話式的國語」，許多的代名詞和助詞的創造，卻是從這本譯作中開始的。直到今日，我敢大膽說一句：還沒有人配譯這本英國享名全世界的童話故事，因為後來所謂重譯這本書的人，以為僅僅由英文譯成中文而已，卻不知道其中大有奧妙。

奧妙所在，是原作者特意着重於下列數點：一是語文上的遊戲，其情形比吾國之雙聲疊韻的把戲玩得更厲害，非精通語音學的人，是弄不明白的，雖然「母語」是說維多利亞時代英語的英國兒童，會感到有趣。二是原作者是一位大數學家，他有意在文句上弄些邏輯論理的「不通的笑話」，因此這本兒童讀物，會在很正式的邏輯數理的書上，被引用作為論理的舉例。三是其中歌詞甚多，原文是顧慮到孩子們唱的時候的節拍的，譯成北平話，就不得不在中國語當中尋求適合於那種趣味的音韻和節拍，非有大天才的人是不配動手的。僅就以上三點，如果一個人有自知之明，如果一個人不想自以為通英文（語）和通中國北平方言式的國語（與普通國語不同），那他決不會不顧害羞而假裝再譯，而其再譯又是拿了趙先生的原譯改為時下通俗而毫不保留原作精神趣旨的「中文」。

所以我大膽說這本世界無人不知無人不曉，也幾乎無人不讀的《阿麗斯漫遊奇境記》，除了保持四十年前後來一再重版的趙譯外，是無法再有他種中譯版本的。除非真能勝過趙先生！最早在民國初年，這本書只有宣統皇帝的英文老師莊士敦爵士，口頭上給他的遜位皇上學生譯述過，但亦未見諸文字，因為當時這書是宣統皇帝學英文的課本之一。趙先生在譯這書的時候，已經放棄了物理學本行，進入到語言學一行，而且在數年之間，有了很大的成就了。後來在民十六，清華校慶紀念，他特別為了論「北平話的聲調」，譯過Ａ．Ａ．邁爾的一個獨幕劇「最後五分鐘」，用漢字和國語羅馬字對照印出來，用語音的原理對每句對白加註解說明，他說真的劇本應該用這樣寫法，可是「最後五分鐘」之後，中國劇壇並沒有在劇本上注重說話人的語調。曹禺之「日出」和「雷雨」等名作，只是原來的北平話寫得好，是劇本，不是「腳本」。另外便是商務的國語留聲機片課本和灌音了。至今亦無第二種習國語的留聲片和課本能比得上，因為趙先生在編課本之時，一方面要照顧到學理，一方面又要顧到學習人的趣味，因此在練習四聲之時，便不得不有「偏旁寫錯，斯文掃地」等有趣的「四字經」了。例如練習舌尖上顎音的ＮＬ的區別時，他創了這樣兩句：「牛郎年年戀劉娘，劉娘連連念牛郎」，真是虧他怎麼想出來的。

他不久就快出版他的「新語法」了，而且阿麗斯的姊妹篇《跑到鏡子裏去》的譯本，也快完成了，我們都盼望能早早讀到。去年他回台灣，謙遜的對現代運用之外國活語言，只限於英法德日，其餘只通專門語言學範圍內的知識，即以日語而論，一個漢語的發音隨其不同之詞性而有多至十多二十種者，如「神」字就有十多種，中國人習日語就難在這裏，而趙先生可以在日本用日語講學，而他又並非以日語著名於中國的人，不必贅述了。他在美國開了幾十年汽車，對美國公路極熟，在揸車技術上，也是第一流的，可是他太太卻怪他開車太慢，前年他在紐約撞了車，幸而得以無事，不然簡直不堪設想了。在中國儒林懼內的名家之中，列在前四名，第一是李四光，第二或第三才數到他。當七七事變以後，上海八一三戰爭爆發之時，中央特將他治學的紀錄卡片（據說有一間房間，四壁櫃架那麼多），用飛機運到美國一小城市去保存，就為了怕為砲火所燬。戰後他一直在美國教學和研究，看來世亂如此，他將終老美洲了。

楊步偉剛柔並濟

中國文化中之「大」，有歐美各國亦俱有者，有歐美等國所無從有者，而最令人不得不發懷古之幽情者，則為中國原來之「大家庭制」。我之所以懷念大家庭制，不在其有種種流弊，而在其能產生各色不同之男女人物。辛亥革命後，吾國之儒林，出自布衣如公孫弘者固亦不乏其人，然細參彼等之家世，則大多數為世家子女，左派名詞或稱之為地主或小地主階級。（毛澤東亦出身地主階級，而原配楊夫人乃吾湘名翰林之千金也。）我之所以有此感想者，蓋有見於五四前後之女儒生之家世也。如陳衡哲、謝冰心、楊步偉、蘇雪林、凌淑華等前輩，莫不是舊日大家庭，即清末民初之大家庭出身，蓋文化根底如大廈之基礎，決不可以在沙漠上平白無故長出芳草來。必也「三代做官，穿衣吃飯」（做官二字實應改為「讀書」，姑從俗語）余於上述之女儒生中，擬先一話楊步偉女士。凡早年讀過商務印書館出版之婦女生理學，婦女衛生常識，乃至婦女育兒時或受孕期應讀之醫學知識書者，莫不知有「楊步偉」女士，彼即世界公認之吾國大語言天才學者，趙元任博士之夫人是也。

中國新女性之名字寫法。余嘗分之為下列各派：一曰「獨立派」，即絕對不冠夫姓，純以娘家姓名三字或二字示人，如輩份最老之女學者兼女作家「陳衡哲女士」，「謝冰心」是也。（冰心習慣下不加女士，陳則有時加女士，有時只用姓名。）二曰「冠夫姓派」，如「蔣宋美齡」其尤著者也。三曰「但用夫姓下只加夫人二字派」，此在吾國，只有一位，即未做紅朝副主席時之「孫夫人」是也。孫夫人之英文名，係「馬丹姆孫逸仙」，而中文名則為「宋慶齡」而已，但國人早歲但稱「孫夫人」，便知所指，蓋實在大到無第二位也。

四曰「唯夫獨尊派」，如早年北平辦社會福利最有名之女青年會幹事長「王子文夫人」是也。（王之風頭大到極，今則無人知之矣。）五曰「囉裏囉嗦派」，即「楊步偉博士（即趙元任夫人）」是也。余曾讀「趙太太」之某本譯著，皇然見署名如此，乃稱之曰囉嗦派，實是最能說明清楚者。

楊是在日本學醫的，在北平日本同仁醫院工作，始識當時初回國之趙元任博士者。十四年前，美國出版了一部銷路很不壞的書，名叫《一個中國女人的自傳》，即楊博士用中文寫好，由趙元任先生譯成英文者。趙楊一家和他們的三個女兒，敢說是最夠「生活藝術與生活樂趣」的家庭。趙先生不用說，英文寫得林語堂也低頭，而尤妙者，楊博士常在書頁之下加註腳：「翻譯家，譯到哪兒去了？」可是這部暢銷書，尚不如她的「烹飪學」銷得大，她是以做菜著名的文化人太太，而且來客必留飯，生怕人家沒有吃得舒服。她管教三個女孩子，用自由民主教育，個個書讀得極好。現在不但都在美國或日本做教授，而且都綠葉成陰子滿枝了。她們就是當年商務國語留聲機片中做孩子的「如蘭」和「新那」和第三個小的妹妹。她管教丈夫趙先生，卻是用的東方舊子曰館辦法，動輒打人。所以當清華大學在羅家倫一任之後，有人提出趙元任出長清華，委員長將下硃批核准矣，劉老老吳稚暉適在側，笑着提議曰：「那不如圈定楊步偉女士做校長好了，因為反正兩個禮拜以後，趙太太掌權的。」於是改而圈定了梅貽琦，一做做了幾十年。（按當時趙元任正做留美學生監督）。但楊步偉博士（即趙元任夫人）之為東方最有中西文化根基之賢妻良母，是無人否認的，趙先生在語言學界空前的大成就，應該三分之一歸功於夫人，三分之一歸功於趙之天才，三分之一歸功於趙的絕對有恆的研究精神。

劉文典語妙千秋

北伐成功後，安徽大學因鬧風潮，蔣總司令為查問該校情況，使人招其校長劉文典見面，劉一見蔣即指而問之曰：「你就是蔣介石麼？」蔣大以為奇，乃責其主持不當，致風潮愈鬧愈大。劉當面大發雷霆，指指點點，數而罵之，使左右皆捏一把汗，終以「暫予羈押」結束焉。

當劉文典之入獄也，章太炎吳稚暉等皆力為關說，而太炎尤賣力，親去見蔣保之，乃撤職獲釋了事。劉既獲釋，去上海向太炎道謝，太炎笑問之曰：「聽說你當面罵了他一頓，可是當真？」劉氣猶憤憤不平，站起身來，旋說旋摹倣當時衝突之情形，然後自認曰：「我完全用的是擊鼓罵曹的步法！」太炎大笑，且激賞之至，遂即書一聯為贈，惜余已忘之，惟憶其下聯為「擊鼓堪稱彌正平」。劉為早歲留東學生，以受業於儀徵劉師培，得劉之正傳。故於吾國古文學稱獨步，與太炎之關係，介乎師與友之間。太炎不輕許人以學問，而於叔雅師則惜之重之，蓋劉於吾國漢魏晉南北朝文學與晚唐詞並莊子之學，在劉師培之後，稱海內一人也。

其於莊子之學也功甚大，陳寅恪先生嘗為之序，此書十年前余在商務書館猶見之，以價過昂未能重置，至今憾憾。莊子之學，歷代注而箋之者，大有人在，然皆不能守「知之為知之，不知為不知」之訓，寅恪師之贊劉之莊子，獨揭出此點，蓋深服之也。劉既卸安徽大學校長任，適清華改大學，即北上任教，清華之中文系得以挺然不墜者，賴劉與陳寅老之力甚大。劉主講之課，係輪年開班，有「中國古代大文豪之研究」中之莊子、曹植，及晚唐「溫飛卿與李義山」、《昭明文選》。

其講李義山「錦瑟無端五十弦」一詩，發揮考據與欣賞至每週二時，講四週始畢其事。其講文選也，一年之中，不過二三篇文章耳，而必講陸機之「文賦」，且至少亦須兩個月講畢。嘗於某句某字譬之曰：「文賦有許多種講法，講一年亦可，講一月亦可。例如此句此字，真乃一字千金，古人與我非親非故，我何必如此捧之？」其講溫李之詩，各佔半年，而必向學生大罵新詩人乃至新文學作家，對諸生曰：「他們不似你們幸運，你們今天在這裏讀書，政府請了我來教你們，他們可憐，他們幼年失學。世界上只有幼年失學的人最可憐。」語未畢，而學生已哄堂大笑矣。彼因自通英法意三種西文，故早歲譯著亦多，又嘗對諸生罵近代翻譯家曰：「彼等將原書置於右，將稿紙置於前，將吋半小本字典置於左，翻一個字，譯一個字，請問如此譯筆，尚成何話說？其中國文佳者，則湊而成文，但求圓而成之，與洋人之原意，相去不啻十萬八千里也。」

此公為吾國頭號招牌教授中之嗜鴉片煙者，當戰時遷雲南，雲南以「雲土」著名，公嗜之尤甚。故午後方起床，四時以後夕陽西下始上課，而在課堂上則攜香煙一罐，且吸且講。長衫拖地，相貌清瘦，御老花鏡，十指皆煙漬，筆者嘗呼之為劉孔夫子。雖如是，課堂中每次必擠到水洩不通。當日寇之狂炸也，彼嘗謂學生曰：「警報來了，一定要跑。我窮甚，亦必借錢坐車逃出城外。你們知道，我還沒有盡傳所學給你們，如果我被炸死，中國文化就被炸去一塊了。沒了中國文化，日本人更會猖狂了。所以一定要跑警報！」其文章宗魏晉，頗與清之陽湖派有淵源，詩則宗晚唐，艷而富，麗而則者也。待人之情最厚，途中相遇，必先學生停步，還禮鞠躬之度數甚深。講一口安徽江北話，音甚細微，坐第五排以後之人已難聽到，故雖擠滿一二百人，亦必肅靜能聞墜針之聲，然太愛說詼諧話，冷雋幽默，時引人作大笑，故在一靜一喧之間，如聽楊小樓之戲，至足欣賞受用，而猶嫌不足也。光復時，不欲離滇，嘗云：「天下尚未定，何必逃兩次難」。不幸而言中，悲夫。

余雖乘危遠遊，偷生籬下，然於吾之授業恩師未嘗一日或忘，劉叔雅大師為首五位之一也。既話先生之「語妙千秋」矣，今請一述先生之古典文學以外之造詣，余不知先生是否尚在人間，蓋先生因病，早歲「奉旨」吸煙，解放後馮友蘭、賀麟諸氏皆「下放」農村土改，或學習用小風爐煉鋼，則叔雅先生自亦不免，如此則或已福壽全歸也歟？

先生於漢魏兩晉文章，與劉師培系出一脈，以清末民初論，則為湘綺以後第一人，所不同者，湘綺不論詩文，皆能動手創作，成一家言；而二劉則創作詩文少，研究心得特多耳。叔雅先生嘗居四季如春之昆明文林街陋巷一花園中，煙榻橫陳，藉煙燈閱書不綴，余嘗於某夜陪侍「過燈癮」。此為吸鴉片者之術語，蓋指床中置煙具燃燈，兩側睡人，就此德國晶體玻璃罩之燈光，或聊天或論學，別饒奇趣，而不燒煙也。余嘗戲改古詩曰：「雲土無情摧白髮，滿城風雨度重陽。」蓋師兩鬢蕭蕭，猶誨人不倦也。憶是日午後為某學會請先生公開演講紅樓夢，先生之於「紅學」也，固別有所見，以為「水流花謝兩無情」，花指花襲人，薛謝諧音，指八十回後佚稿確曾為寶玉元配之薛寶釵也。余少年無知，甚不以薛謝諧音為然，師大量不以為忤，即引紅樓夢書中林黛玉教香菱作詩之言曰：「正要講究討論，方能長進，你且說來我聽。」余笑曰：「竊以為紅樓一書，實吾國千古第一部三角戀愛小說，以木石姻緣前生，以金玉因緣今世。故寶玉之『寶』冠釵之名首，以寶玉之『玉』，奠黛玉名字之基，竟在寶玉有一半屬釵，一半屬黛也。從另一方面看，寶玉之取名，實集釵黛二人而成，作者於主角兩女一男之名字，甚不苟且，故知薛非無情者，寶玉之於薛，書中屢屢言其情動，師亦以為然否？」先生聆畢頗獎勉，笑曰：「今天下午你在聽講後大家討論之時，何以不將此意公諸同好？」余頳然曰：「不敢多嘴，亦沒膽量說話也。」先生於莊子既是專家，故論紅樓，特提出寶玉引莊子續南華之言，以為是用道家之說證明人生短暫，月不常圓，與佛家色即是空，有相需相成印證之妙。又以吾國到陸機作「文賦」，始有極其邏輯的論文章方法與文學批評，故《文賦》一篇，直與一部《文心雕龍》並美，只須精研此一文一書，便於吾國之文章學，思過半矣。

好古為吾國士大夫之通尚，師嘗搜購明末清初秦淮八美之畫，既集其七矣，而獨少一顧橫波之手跡。偶於天津遇一山西商賈，居然藏有橫波之工筆美人二三幅，幾經介紹，始獲一賞，欲購之，此老西兒（京語稱山西商人之謂，含有猶太之意）最多金，出重價至三百現銀亦不能動其心，欲以他畫易之，而彼又無所欲，萬般無奈，乃快快放棄此一機會。嘗填一詞，備道相思之苦，用詞奇艷，惜所錄已佚。先生笑語予曰：「知之者，知我為顧橫波一畫；不知者，以為予有美人之思，狎邪之念。可見古今詩人，有幾多蒙冤不白者，蓋後世人之附會也。」

先生性好罵人，北語稱為「罵街」，實則師心地最醇厚，待人接物，極其可親，特被罵者非人也。某次清華開教授會，朱自清提出某某應晉級教授。先生聞之覺天下無如此荒唐之事，乃離席指朱問之曰：「如果某人當教授，你請我去哪裏，置陳寅老於何地？必先請當局給我兩個設法謀一條出路，然後可以語此。」朱與某皆大窘，經馮友蘭調解，先生始息怒。

嘗笑對人曰：「他校吾不敢知，吾清華文科實只兩個半教授。」人或問之曰：「請示所知，那兩個半？」先生笑曰：「寅恪一個，友蘭一個，我半個也。」後有笑先生亦甚世故者，蓋馮原為清華之文學院長，故特列之也。為習第二外國語，有叩先生意見者，先生嘆曰：「方余之留東也，習法意文係極簡陋之和法字典，其時尚無和意字典出版。吾國至宣統二年，始有鄺富灼之英華大辭典較完備，以今日所出視之，亦嫌簡明，然早期吾華學生之讀寫能力皆較爾等為佳，可見工具愈方便人愈懶惰，一加今之有汽車然，人之兩腿反退化矣。」斯言也，余未嘗一日或忘，惜治學之毅力，深以為愧耳。

前輩師表與今之師表，有一判然不同之處，即師生之間毫無功利可言，尤以專做學問者焉尤不計功利。

陳達「流」美十六年

大學儒林諸賢，有名甚通俗者，則人人皆知，有其名僅限於學術界者，亦有在學術界有功而從不求聞達於中外社會者，而其人之於學術文章外，無論熱情與道義，皆大有足稱者，今請介紹一位，此則浙江大學陳逵教授是也。茲謹先聲明，此陳逵乃水滸李逵之同名者，而非清華大學社會學教授，中國人口學家「陳達」，千萬請勿弄錯，不勝銘感之至。

筆者在中日抗戰前之某年暑假，蒙先外祖母之寵愛，給了我一筆當時頗可觀的旅行費，讓我利用暑假去旅行蘇杭風景之區，我從北平上了平浦通車，回到了南京家裏，行前我寄一函返湘給我的外祖母，向她老人家提出這個建議，果然在到京之一週以後，便收到了二百塊袁世凱，當時的生活程度是甲等飯南方每月不過五元五，北方不過六元，這數目折合了四十石白米。「癡外婆愛外孫，癡雞婆痛鴨仔」，何況我又是外婆的獨生女兒的獨生子，所以她老人家對我凡事應毋庸議。我拿到了錢，同時帶了陳衡哲先生的一封介紹函，便取道上海，到了我初次見面的西子湖邊。

是年余尚未知風月，故經過上海之時，即在北站以車易車，上了滬杭甬的特別快。車窗兩邊一片碧綠，小橋流水人家，面盆一般的肥大桑葉，家家富庶，人人文雅，連三等車廂內的鄉下乘客，亦無不湖縐其長衫，紡綢其短褂。夏日雨後放晴，車抵杭州城站之時，正當紅霞滿天，湖光山色，使我如入仙境，幾乎想插翅飛起，高聲歌唱。驅車到了一條半水半陸的小河邊的街上，尋到了陳宅二樓一底的住屋。他當時不到四十歲，太太卻只二十多點兒，還有一個四歲的韶秀兒子。陳是着西裝的，蓬髮而近視，還留着很濃厚的長沙明德學堂的學生勁兒，說的是一口湘省慈利縣的國語，熱情而朝氣蓬勃，一見如故，將我當他的小弟弟，或是子姪看待，當時他是浙大英文系的台柱子，他說他早歲和衡哲先生，是在美國見過的，當時他還只十八歲，原來他留學史甚奇，十五歲明德初中讀完，居然就去美國，此後在美一直得碩士再教幾年書，共是一十六年，三十一歲才回國來，除了去時帶了三年用費，以後十三年間沒用中國一個錢，全是自食其力，半工半讀。最難得的是四十多州全到過，而且許多山水鄉村都是步行走過的。因為工讀，故常常每一學期換一個環境，大學四年，讀了七間。我聽到衡哲先生說他英文文學造詣絕高，而且又是吳雨僧、周豈明，乃至還有一些左派作家都佩服的人，卻沒想到他熱心萬分，天真有如一個十五六歲的孩子。他送我到浙大內他的校內臥房去，是在一座花園的池邊樓上，四面皆是走廊，一間高大的書房兼臥室，大到真是驚人。四壁之書，共約三十餘架，他在燈下指了笑道：「我的財產全在這裏了。」

遊湖乘船無所謂，他每天陪我爬山，而西湖之幽景原不在湖而在山，而在山鄉之間步行時，除看眼前之疊嶂層峰，茂林修竹，山寺花木外，尤應時時回顧，注意來時之路，背後之景，有不可以言語形容者。他說：「這是俞曲園在他的春在堂筆記中說的西湖遊山法。」我才知道他的中國學問見識也很不錯。每天少亦二三十里，多時走到五六十里。而某日傍晚歸來飯後，因初八九之月色絕佳，他竟在浴後逼着我再跑到蘇堤國立藝術學院牆外去垂柳下偷看湖上新月。他笑着道：「非夏夜無此湖上夜霧，非此地之月掛疏柳，無此畫圖。」我後來之喜愛南派山水和詩歌，實在得益於陳逵先生的啟導。他那個夫人褚女士新自日本習教育返來，據說一生了孩子，她就留學去了。後來我才知道她就是沈尹默先生的姨妹，而且陳逵有一奇癖，每到一大學，必正式娶一夫人，且規規矩矩結婚養家。於是有人向教育部告他多妻，而各妻皆不以為忤，各居一城，滬、杭、蘇皆有室焉，官亦莫如之何也。

因為他帶我去郁達夫的「風雨茅廬」見到王映霞，所以更加難忘。

沈從文溫柔敦厚

湘西鳳凰廳（廳乃前清地方行政之一單位，大多用於邊疆），出了兩個名人，其一為苗子而點翰林，後來以人才內閣，著名於中國近代史之熊希齡總理，一是新文學界數十年之小說健將沈從文。熊點翰林，有三分之一佔了苗族的便宜。最妙的是翰林係中進士後之殿試，重在書法。熊在點翰林時，皇帝御批「習字三年」。後來熊的字果然寫好了，而且在考察憲政歸來之後，變成中國最有歐美新思想的政治家，誰也沒料到他是鳳凰廳的人。

在「新文學家」這一頭銜之下，拿小說最著名之茅盾巴金沈從文三個作比較，茅不如巴通，巴不如沈通。沈的文章，是經過周作人和胡適之陳衡哲等老前輩誇獎的。曾記得林語堂之《人間世》有一年年終請海內名家推薦當年之三部最佳著作，周豈老便第一部推介了《從文自傳》，認為是那年寫得最好的一本書。胡陳主辦獨立評論，於新文學作家中，只約了一個沈從文，也為了沈的白話文，實在寫得好，最緊要的是沒有三等譯文的不通歐美句法。茅盾有本書名叫「楓葉紅似二月花」，這個「似」字，充份代表這位繼魯迅而為左翼盟主之不通。

沈從文是有名的當過兵的作家，從當兵之中，得來了寫作經驗，在當兵之中，他大學其文，將中文越寫越好，終於成了大作家之中，頂受歡迎的小說家。著作之多不稀奇，奇在每一部都拿第一流。當抗戰初起之時，沈便將全家遷到了昆明，筆者到青雲街去看他，他歡喜得很，告訴我們初到昆明的人，許多雲南特產而外省不知的果品。門前正有賣寶珠梨的菜販到來，他那美人太太忙到門口去買梨給我們大吃特吃。他告訴我道：「這樣又香又脆又多水汁的甜梨，全國無出其右。我們到這裏以後，大人和孩子，一天吃個不停，對腸胃身體很有益。」當真出產在昆明湖邊呈貢縣一帶的寶珠梨，色碧如翠，皮薄肉嫩，大如茶碗，既甜且富果漿，卻又香脆之至，難得的是便宜驚人，簡直好似贈送一樣。

在抗戰時期，滇渝兩地許多報紙的文藝副刊，都是沈從文主編，當然其在昆明時地位最高的是重慶大公報的「文藝」副刊，沈一直到戰後數年，都是主編。他在昆明時候，最愛收藏古瓷器，而且專尋西南邊區不列入古玩類的舊瓷，每遇朋友去訪，便獻寶出來，請朋友欣賞架上的收藏，加以詳盡的解釋。他雖是湘西人，卻天生成太湖區的不高不矮身材，不肥不瘦的身體，說一口幾乎百分之百的北平話，可是一聽就知道他是南邊人。儒雅有禮，待人最誠，其獎掖後進，肯幫人忙，我想除了周氏弟兄，中國文壇應數他最熱心最誠敬了。吾國北方大學，在抗戰初起之時，始有人提議北大聘請舒慶春（老舍）教新文學，然甫有斯議，抗戰軍興，到了戰爭之末期和戰後，北大才正式聘了沈從文開課中國文學系，課名「小說習作」，每週二小時演講，每週至少習作短篇小說一篇。他是自學刻苦出身的大作家，但他從不以不懂英文為恥。筆者曾經問他關於學校教育的意見，他很誠懇地道：「自學不是好辦法，學校教育可以省下許多不必要的摸黑路，不必要的時間，精力的浪費。我雖自學出身，卻非常尊重現代學校教育。」

戰後他尤其紅極一時，平津上海三地的第一流大報的文學副刊，由他一個人包辦主編。他住在沙灘北大附近的中老胡同，當時北大師友受他約稿的多至數十人，筆者當時正在受命用功於西人對中國近代史學之著作，薪金甚微，得他的約稿，每月稿費居然超過了教授的津貼（月薪已一文不值），故能日打彈子，夜作周郎，過了兩年快活日子。

沈一直屬於正宗京朝派的新小說家，與茅盾巴金之流的海派不同。但沈對巴金之「寫得快」，非常佩服，可是巴金在小說上和思想上的成就，無論如何是不及沈的。

我只見過三五位誠心誠意愛後輩青年的學者和作家，他是我知道的最溫柔敦厚，熱心助人的一個。

吳雨僧癡情毛彥文

二百年來讀紅樓夢入迷者多矣，吾未見自我陶醉如吳宓（雨僧）先生者。清華師友譏笑雨僧者有之，崇拜其人者，亦比比皆是，教授中之癡情種不自吳雨僧始，然癡情癡到沒半分假意，癡到誠而且敬，癡到有如一個虔誠的中古時代教徒之殉道，癡到毫無一點商量之餘地，竊以為前有寶玉，後有雨僧，非過譽也。

陝西地處關中，自周人布居於歧山之下，討伐殷商，建立七八百年之帝國，以後劉氏漢興，代表吾中華民族之漢即以其地為根據，後四百年而有起自西北之邊將李氏，建立吾國繼漢而後之大唐帝國，且為「天可汗」之黃金藝術時代，西漢與唐，皆建都於陝西長安者也。吳雨僧先生即為陝西人，近代之陝西角色，余於儒林之中得三人焉，其一曰以黨國元老之于右任老人，余既羨其有美髯，復驚其字之「筆走龍蛇」，隨意製造簡體草書，福人也。其二曰以「西洋政治思想史」鳴於時，中等身裁，撐一手杖，功架堅穩，望之有威之張奚若，今之紅朝「招牌人」是也。其三則為頭如山岳，面如青柚，扶杖挺然，五分關中丈夫氣，五分大英帝國氣，望之儼然，其面有霜，其心甚軟，對女色無狎邪意，經常以歐洲中古之騎士，日本古代之武士姿態出現，夫子主「敬」，對事對人對用情，真能誠敬之吳雨僧是也。何以知之，以其對熊希齡之繼配夫人毛彥文女士之始終有深情知之也。

話說熊希齡原有一位在全世界大出風頭之夫人，曰朱其慧女士。朱夫人乃江蘇寶山朱家小姐，為陝甘新總督，薨於閩浙總督位之湘鄉楊昌濬（石泉）宮保之契孫女也，熊之創辦北平香山慈幼院，辦理兒童福利與幼稚教育，皆由夫人朱其慧主持其事。朱家既為清末大世家，朱經農即熊夫人之姪，而熊夫人在歐陸與南美之演講，當時固不下於孫夫人與蔣夫人也。九一八那年，熊夫人在麻將牌桌上中風，血管爆裂，壽終於石駙馬大街之赫王府熊總理公館。熊總理哭得死去活來，恨不得追隨夫人朱其慧女士上至天堂，下至九泉。喪事之盛，為民國二十年之破故都紀錄者，因係舊京第一位女慈善家之喪，故孤兒寡婦臨弔而哭者，頗不乏人。石駙馬大街之熊公館，開堂九日之多，出殯之日，儀仗鼓樂，素車白馬，綿亙至七八里之遠，懿歟盛哉。熊總理當時是一個有鬍子的人，因為出生湘西鳳凰，加以生活歐美化最早，於衛生攝養之術講究有素。故高高大大，昂然巍然。少年夫妻老來伴，既斷弦矣，守制如儀，杖期生之禮既盡，門下清客，熊門故舊，有勸已逾花甲之總理用鸞膠續其弦者，蓋石駙馬大街王府之官邸，春有海棠，夏有香荷，秋有傲霜之白菊，冬有徹骨之紅梅，玄冬望春，不勝其芙蓉如面柳如眉之感。總理聞左右之進言，莞爾而笑，忽然自美國留學回來一位毛彥文女士，總理乃急急薙其鬚，儼然偉壯士而兼翩翩佳少，不久即以續娶毛彥文震動全世界焉。中央上自蔣汪胡，而北之閻馮，東南西南之軍閥，文武朝野，莫不有禮相賀，其盛況也，殊不減乎朱其慧女士之喪，所不同者在色，一為白色喪事，一為紅色喜事也。

毛彥文就是吳雨僧教授追求了多年，互通情書又多年之女神。東西半球有太平洋鹹水通電，雨僧居清華園，毛女士居新大陸之女子大學，二人每當花晨月夕，開窗迎接遠來之鴻，而毛彥文之開窗卻與吳雨僧在清華之開窗不同，吳開窗只收到毛女士一人之鴻，而毛女士在美國卻時常有一對青鳥自神州飛到合眾之國，其一為熊總理之皇上御批「習字三年」之翰林墨寶；其二則為清華外國文學名教授吳南僧之血淚萬言書也。雨僧有兜腮鬚如梅蘭芳，故每朝用老人牌剃刀刮之又刮，日久面青如柚皮，其頭頂如早歲石印版本千字文上所繪之伏羲氏有巢氏之頭額，當時其年不過四十餘，而總理則六十花甲壽宴已過矣。毛彥文女士返國，情願嫁此剃了鬍子之過時國務總理，而不嫁水木清華園中之吳教授，嗚呼，女人心，棉裏針，信不我欺也。當赫王府鳳凰總理洞房花燭之夜，正是清華園雨僧教授郎心粉碎之時，造化弄人，亦云慘矣。

馮友蘭結結巴巴

余最後一次見馮芝生（友蘭），係民國卅七年（一九四八年）春夏之交，在清華校慶的文科展覽會上。是日在大禮堂之慶祝會，因係戰後之首次較具規模者，故人數特多，余性畏喧鬧，厭朝貴，故與二三好友匿於新南院寅師家中聊天。飯後不知何人來約云芝生自美國返來，今日曾出席演講，要見他可以到文學院大樓去。於是追隨同窗之後，特去瞧瞧馮鬍子焉。

大概他那次是在光復後次年就去美國的，亦即其哲學史英文版發行之年。是日着藏青大襟西裝，為余見馮着洋服之初次，或因為新自美國西返也。其美髯仍如昔，既豐且烏黑，面方形的道貌，笑嘻嘻地。見到一群又長大了的男女孩子，總是非常高興，一一握手之餘，且結結巴巴細問各人近況。馮在清華那樣不甚有派系而其實仍不免有派系之大學，被尊為所謂「馮派領袖」。其在學術界，尤其是哲學史出版後之十年，以及其在戰時對中國自先秦儒家至有宋理學思想之整理與闡發，出版其新作《新世論》與《新世訓》等大著，地位實超乎胡博士，所不如者，馮博士之大名，不若胡博士之大名通俗耳。余與馮之關係最奇，馮忽然在戰時有感於吾國學生對先儒之修養缺乏認識，乃決定開一新課程，曰「古代哲人的人生修養方法」（或係「先儒之修養方法」，因課程之名甚長且係有「的」字者，實已不能確記）。是科不計分，自由選習，每週一次演講，連續二堂，且在午後全校最後之時間，故往自由聽講者，第一次多至四五百人，用大堂作講堂焉。但人數在第二週即減至約百人，而第三週則只餘二三十人，大約第四週或第五週之某次，竟只有四五個人往聽，堪稱天下第一奇異之收縮性「發展」，而余是季適患貧，既不能入市看戲，又不能與女同學酒食徵逐，乃利用此二堂時間，咬牙忍受馮大師之有名的漏口（結巴粵語稱漏口，甚妙）演講，余非有意欲知先聖先賢之人生修養，馮則對吾等四五人頗有印象焉。

是科資料絕佳，筆記亦全，惜早已不知去向，不然亦可以學羅常培之於劉師培，將師傅筆記變為自己著作出版也。所謂古代聖哲之人生修養，課程開在中華民族自淝水之戰（紀元三零八年）以後之第二次外族大患（中日七七抗戰）降臨之時，用意至深，意在使中華青年對古代聖哲之修養方法，明其淵源流變，抉其利病得失，借鑒古人，且勘當躬也。惟馮之文章之邏輯分明，章句清晰，與其結巴之口才，適成一不可形容之反比例。其凌亂瑣碎，不忍卒聽，故有四五百人一落而為四五人聽講之怪事，非偶然也。

葉公超因馮漏口結巴，是喜問馮住家之門牌，每一見面，葉即鄭重其事戲問曰：「芝生，你家門牌多少號？我老是忘了。」馮必答曰：「二二二二……二號！」一連七八個二，於是葉乃與左右之人大笑捧腹，蓋其所居乃二二號也。故馮每用河南音講「摸索摸索摸索……里尼兒」，或提到顧頡剛之名時，則「咭唧，咭唧……剛！」有時可以咭唧到三分鐘之久，而聽者不得不肚皮笑痛矣。

儒生而善為厚生經濟之學，馮實為第一有成績之人。早年所得之版稅，輒在北平購房屋，乃一由筆耕起家之地主，（彼本為河南省小地主）當中共之包圍北平也，馮在清華最先作錢謙益，一如北平城內率「士大夫」接駕之北大法學院長周炳琳也。

花國狀元嫁榜眼

——談夏壽田（一）

北平稱紙店為「南紙店」，或者源於遼金朝，因為燕都最初是遼金兩朝建都之地，而分南北分得很顯明的時代，是南宋與遼，和南宋與金的對稱。明清兩代的書家賣字，全由南紙店收定單，貨銀皆交南紙店，賣字的書家，再給多少佣金給紙店。這些南紙店，東南西北四城皆有，以琉璃廠（南城）那條文化街上的最著名。如以木板畫著名之榮寶齋即是其中之一，其餘有清秘閣等十餘家，和古董字畫舊書舖相間離，成為一條純中國文物售賣的街市。

最有名的南紙店，都有一本摺葉式的全國名家的「筆單」，這倒不止北平有，上海也是一樣的，例如榮寶齋就有上海分店。南紙店將各書家所訂之價目單粘貼在摺葉上，買字的人，可以照着上面的各項價格惠款，對聯壽屏單條冊頁和扇面，各有不同的潤例，當然也和賣文賣畫的一樣各家高低不同。在民國時代，一翻開厚可盈尺的榮寶齋或清秘閣的筆單，第一頁便是鄭孝胥的，第二頁是夏壽田的，第三頁一定是鄭沅的。有時候第三是陳寶琛的，他和鄭孝胥都是宣統皇帝的師傅。陳太傅的字在他逝世的第二天（約民國二十四年）琉璃廠的存貨起了價，一如今之白石老人的畫，居然一把親筆扇面，兩朵大紅菊花訂價港幣萬千元一樣，黃金有價玉無價。古董更是無價，因賣情報被槍決的行政院參事，詩人黃秋岳也是書家之一，他和鄭孝胥陳寶琛都是福建人。現在談夏壽田，因為他不但以篆書在清末和民國獨步，同時他和楊度都是擁袁世凱做皇帝的籌安會主角，他做過袁的「內史大臣」，楊則是宰相。夏是湘南近廣東的桂陽州山僻地方的人，乃湘綺門下名弟子之一，湘漪老人在袁任大總統時做了國史館長，就是夏與楊度兩弟子賣力代表袁大總統懇求的。袁的總統府和新華宮，即今北平南海的懷仁堂，所以大堂的四壁的墨寶，以夏太史者最多，都是袁朝之時，他的手跡，李宗仁時代猶存，今則不知矣。

戊戌政變那年，他中了殿試一甲第二的榜眼，說來奇怪，那一榜的狀元也是姓夏，是湖北的夏同龢。午門傳臚大典的規矩，是從第四名傳臚寫起，留下狀元榜眼探花三鼎甲最後填寫。夏壽田（字午詒）是自己在京守着候榜的，據說填首名的姓夏的時候，他有把握以為是自己，及至不是。他仍不死心，因為還有二三兩名，果然第二名榜眼又姓夏，他大喜過望，知道準是自己的了。像這樣有把握的進士，有清二百多年怕只得他一個了。當時他父親夏菽軒正做陝西省撫台，以一省封疆大吏的大少爺中了榜眼，當然是件不得了了不得的大事。電報到長安，夏撫台立刻匯了三萬兩銀子給他作謝老師同年的應酬費用。他便在歸途祭祖經過上海時，娶了戊戌年上海會樂里第一位狀元紅牌的蘇州名妓，這便是他的大姨太，後來人稱老姨太的。同時以一千兩銀子買了整套一十二副象牙活動春宮，據說出自一個京裏的巧匠之手，即今之所謂人民藝術家是也。

他娶大姨太說來很巧，當他同着一班湖南鄉試中試的舉人，取道長江到上海，準備北去天津入京會試之時，在上海這些舉子一齊去吃花酒。各位舉人老爺（其實是少爺）少不了都得叫幾個堂差，其中就有戊戌年上海花國狀元在。舉座為之傾倒，自然不在話下。當時在筵上的人，見花國狀元不但姿色壓倒群芳，而且口齒伶俐，應酬週到，便有人笑道：「你是花國狀元，你且品評一下我們在座的人，那幾個這回進京可以高中？」那狀元竟指了夏壽田道：「別人我勿知，這位夏老爺人黑黑胖胖的，一定會高中哉！」聞者皆舉人，大叫晦氣，一齊恨恨地道：「你如此觸我們霉頭，如果夏老爺真個中了，非逼他娶你不可。」那狀元嬌娘立刻在席上應聲道：「好！我明天取下燈來，不做生意了，等夏老爺高中。」說做就做，玩笑當真，她第二天便除下了艷幟。不要說夏是撫台的大少爺，當年名器不濫的科場，叫化子中了榜眼，也有力量將滬上花國狀元，藏之金屋。夏既中戊戌一甲第二，為了感恩她知己，便真個專誠到滬上娶了她去，是為夏之「大姨太」。

北里花魁重入嬪

——談夏壽田（二）

前清的殿試翰林，無一不是字寫得好的，除了熊希齡因為係湘西鳳凰「兄弟民族」，皇上懷柔遠人，所以中翰林不計較他的書法。夏壽田（午詒）的楷書是中榜眼時用的本領，但賣字卻靠篆書，是點翰林以後用功出來的。晚年嘗語其友云：「余篆書賣錢，行書好過篆書，而草書則為看家本領，不輕一試。」其行篆皆用篆法與隸法參雜，為時賢所不能。有一個時期，他忽然閉門習小篆中之「鐵線」，同時又大習其青銅器上的金文，後來寫金文之「散氏盤」，用來寫「多心經」，筆者嘗見其心經一本，堪稱古今獨步，按其筆單，則為五百元大洋，一整堂壽屏，常常是二千銀子，可是在當年上海市場上，他始終訂價未能超過鄭孝胥。鄭在「滿洲國」以前，已經有日本人捧，一如齊白石之圖章和畫，都是日本人大捧特捧的，鄭最多之收入，為現銀一十二萬元一年。當年上海米價不過六元一擔耳。

夏太史在中了榜眼以後，娶了滬上花國狀元，到了民初，我們查湘綺樓日記，大約在民國二年，有一條說夏榜眼又去討姨太太去矣！卻指的是夏進京去做袁世凱的官，這時候他與楊度兩個，是新華宮裏最紅的人，袁固然聽他們的話，那位一直想做太子的袁大公子，更與夏楊二人心腹交。其時的燕都除了政治上革了命，改皇帝為大總統外，其他一切實與前清無異，大部份的苦力男人，如馬車伕人力車伕，或聽差二爺之類的人，還都留着辮子。而前門外西邊的八大胡同，更是自賽金花創辦南班子以來的黃金時代，袁世凱是北洋的鼻祖，因為得孫中山讓做永遠大總統，其文武官僚，請酒飲宴，除四城各大酒家外，當然是到胡同裏去吃花酒的多。夏揚等達官加上許多以名士資格的六部閒曹，都能以詩文會友，於是華燈初上，自陝西巷口以內，那貫通南北的幾條胡同，如南班子蘇楊集中之韓家潭、百順胡同，加北班子中心的石頭胡同，莫不車水馬龍，奴僕成群。夏太史其時不過四十歲，既有滬上之花國狀元矣，而猶未足，乃又選得「八大」之中的蘇州「清吟小班」中的一位花魁娘子，其人之應酬交際本領，可以掌握袁政府之九卿六部文武百官，並山西山東之豪商闊客，無人不以能結識她能進貢她為榮。終於還是落到了夏榜眼之手，娶了她進公館，這便是人稱的「新姨太」。

新姨太名重京華，權傾北府，但姿色卻平平，遠不及「老姨太」之花國狀元，據內行人說，新姨太才真是江浙蘇杭人所認為最有手腕最了不得的女角，而夏榜眼竟囊括南北二首席，如此豪情，破了清末民國的紀錄。

在夏榜眼娶新姨太之時，楊度正娶了八大胡同的另一位姑娘蘇州水國的絕色娘子，即《新華春夢錄》小說特為着力描寫之花雲仙是也。花雲仙與嬪於夏之花魁，乃北洋初年十里南城的兩絕，但花雲仙除了有夏家新姨太之手腕外，還有着連女人也為之傾倒的姿色。當年京中有不少的貴戚豪家，這些人家的夫人和太夫人，大多是看不起如夫人的，可是楊度娶的花雲仙，竟能引得這些名夫人情願拉她拜姐妹，其傾國傾城，可想而知了。筆者十歲時初見花雲仙，她已三十好幾，還是儀態萬千；至於夏的兩位姨太，則在五十之年，筆者見到時，猶只能看出三十以內，豈蘇州之水，即駐顏之藥歟？

夏嗜鴉片，在京津時其煙土皆曹錕所贈，動輒數十斤，熬成膏後，埋於地下，隔年取出重煉，以各色不同之小玉缸或琉璃缸盛之，上標紅簽曰「高麗參」，曰「吉林野參」，曰「安南肉桂」，蓋用多種補藥如煉丹之煉成也。其大書房有筆筒如斗，中插筆百餘枝，長案大毡，為寫字之用。另有一大方案，置各色大小圖章如碑林，而所用印泥皆自製，以珍珠瑪瑙粉和銀硃擣之，新姨太除燒煙托紙外，且為之擣印色焉。袁氏既敗，夏遷居津門，後遷滬上，為猶太哈同客，哈同喪事，請三鼎甲點主，狀元為劉春霖，探花為鄭沅，而榜眼則夏也。每位銀子一萬元，洋商附庸風雅也如此。夏之字本港最少見，其詩宗乃師湘綺，出入漢魏六朝，晚年尤工，逝年不到古稀。

潘伯鷹詩書兩絕

過中環商務書局，見櫥窗中陳列有中華民國到大陸人民國交替時代，至今猶存的幾位名書家的法書，毫無疑問翰林的字是館閣體，言藝術，則皆不及時賢之吳興竹谿沈尹默先生，沈氏之行書，即上溯有清二百六十餘年，亦足以與何子貞翁文恭諸賢抗衡。關於沈氏，知之甚少，不敢涉筆，然此公為儒林之今代王氏父子，固不待論也。偶見有潘伯鷹用紫毫所寫之行書條幅，純用中鋒，剛健婀娜，功力深到，不覺想起這位多才多藝的懷寧詩人來，爰就所知，清話一番，想為讀者所樂聞也。

話須從近的與遠的兩方面說，近要近到一九四九之國共和談，遠要遠到「九一八」以後。且先談近的，再談遠的。當一九四九共軍尚未渡長江時，在佔領北平以後，有所謂國共和談的一幕，南朝大員有北洋部長出身的詩人章孤桐（士釗），今日老毛的御前清客也。有填絕妙好詞之桂系主幹黃紹雄，「北國正花開，已是江南花落」之句，雖頹喪而至今仍傳誦人口者，有曾任中央軍校十一年教育長，每逢紀念週必立於台前領導大呼「蔣夫人萬歲」，並以雪白手巾俯身地上為夫人褢涎之「張皇失措」一把火燒長沙的張治中將軍，及前師大校長李蒸先生及老親蘇份子邵力子等代表。而和談之秘書長，則為潘伯鷹氏，潘之詩不但得孤桐老人之賞識，且經過初據太和殿老毛當面讚美。當時有許多人不知道潘伯鷹是何許人也，其實此公在九一八前後，曾大大走紅平津滬上各報，尤以走紅於天津大公報及國聞週報，寫第一流的新文藝小說。筆名是「凫公」，或冠姓或不冠姓。他原名潘式，字伯鷹，安徽省城懷寧人，當年在北平輔仁大學教文學史小說史和宋詩等課程，可是潘凫公的新文藝言情小說，在平津決不數在那時剛紅的新派之流以下，若平情而論，其結構文字，茅盾、巴金乃至謝冰心和用北平方言寫小說的老舍，都追不上他。可惜他自視過高，而且不欲以小說見知於時，紅了許多年便不再寫了。他的詩大半是走的宋詩路子，卻得益於盛唐老杜。其得孤桐清賞，非無根也。這是近的說話，現在算來，和談迄今，亦十有二年矣。

遠在民國二十二年的一個冬天，筆者的一個小同窗，忽來問我要不要利用寒假讀古文，須繳八元現銀補習費，我稟知家長後，便隨他同到宣武門外橋頭西河沿的潘宅去，一同補習的共有七人，他們有三個是張少帥海陸空副司令部高級將領的子弟，主持請潘先生的卻是一位當年做陝西督軍的西北赫赫一時的陳樹藩將軍的大少爺。我們用的書是琉璃廠刻印的曾文正弟子桐城吳汝論選本「古文範」，題簽的人來頭大，是當時還安居在天津租界上的「水竹邨人」（徐世昌大總統）。潘氏當時除任教輔仁外，還兼北平世界日報的副刊「明珠」的編輯。他方圓的面龐，深度的近視，翩翩然有三分名士氣，七分佳少氣。大概不過三十多歲，說的是上海口音的北平話。先講第一冊上的諸子文章，我之習莊子和韓非之文，自那時開始，他的口才好，對中國文章之音韻腔調之美，非常之講求。在每篇講完以後，必行腔運調朗誦一遍給大家聽，圍坐在客廳的學生，藉此學習到欣賞涵詠文章之美。每週三次，一個寒假將韓非子的「十四篇難」和七篇莊子全講完了。那時他已在琉璃廠南紙舖有了賣字的筆單，可是我卻不喜歡他送我的一幅對聯，那時年幼無知，還以為他的字不好看。次年春天他在輔仁學報發表了他的「蘇詩的旁窺」，承他的美意，引導我們去賣蘇東坡全集。想不到他就是寫「情血」等有名新文藝小說的作家，直到從他補習三個月後我們才知道。我早已是他的讀者，所以更加對他崇拜。

日本特務逼我華北，平津時常鬧事的二十四年春，他全家遷上海去了。這樣一直到一九四九秋天，在香港中環華人行外偶然相逢，他已幾乎不認識筆者了。他說出來的住址，正是章孤桐的東區住宅，匆匆寫在紙條上，卻在袋中遺失了。後來打聽，才知道他只幾天仍舊回了大陸，那時中央政府正遷在廣州。

嚴冬清晨宣武門橋頭上的黃米棗仁切糕，至今使我嚮往，我們一定立在切糕檔前吃了之後，才進他家去補古文。現在想來，誠無懷氏時之兒童也。

新儒學道在中庸

——談潘光旦博士

近來香港某學院中，瀰漫着一股反科學的治學方法的空氣，如果站在學術立場，這樣做或許可以說這是一種復古思想的復活，因為過去我們中國有過「漢學」與「宋學」的互相水火，其實所謂「漢學」，就是現在屬於史學、地理學及語言文字學的範圍，由明末清初的顧亭林講實用學之開始，以漢儒對經書的注疏為主。這樣就被稱為「漢學」；所謂「宋學」，實際上就是今之屬於哲學範圍的學問，宋朝的二程和朱子以及明朝的王陽明的講求心性的哲學，照現代的眼光看來，原可以與漢學並存而之不相侵犯的，可是清朝做學問的人，認為天下只許有一種是真學問，於是造成了彼此敵對的局面。總而言之，「漢詳名物，宋主義理，各有師傅，總不外古大儒根柢實學」，這是俞曲園大師為衡陽船山書院所寫的一副對聯中說的。在學問上，真能學貫中西，而又不計較門戶之見的，在近代學者之中，除潘光旦博士外，吾不知有第二人焉。

有人會質問我曰：「君如此說，豈主張科學治學方法的胡博士，亦有漢學、宋學之偏見歟？」余不得不應之曰：「胡博士有圖章一顆，文曰但開風氣不為師。惟其不為師，故能為今代之師。在北平城內沙灘當年自始由北大興起之胡博士，雖自有其所傳，竊以為能不蔽於通俗之淺見者，余仍擬先談潘光旦先生，蓋潘先生實為現代中國之合乎儒道之儒生，人但知其為優生學家，而不知其為新儒家之繼承道統之人也。

香港有某學者，欲與胡博士爭道統，知之者莫不笑之，蓋胡博士從不以道長自居，而天下之人連中共文化部在內，亦莫不以胡博士為可畏，然則有何道統可爭乎？若潘光旦先生者，則為吾華儒家之正統，而又能以其生物科學的倫理學作為利器，用以治人文科學者。先生現在雖身在民族學院，余固知其心必在超乎塵凡之道，蓋先生真能不以漢宋學，英美學，孔孟學，乃至馬列學自蔽者也。」明乎此，則可知胡博士不爭道統，而天下自北美合眾國至於大陸中國，莫不以胡為真道統之師，故自由之世界捧之，赤化之世界懼之（不懼不致出版胡適批判至八冊之多）。而潘光旦先生，則因其在抗戰時，忽然以優生學眼光而大大整理儒家之倫理，他發現中國民族自古迄今宗教信仰薄弱，佛教入華發揚光大，亦未嘗廢儒家孔孟之忠孝，降至近世基督教東來，傳教事業發達，然對於敬事父母與吾華初無二致，不過只拜一神，不以祖先為神耳。潘先生實為認清儒家倫理「慎終追遠」之第一位現代學者，且能身體力行者也。

這位面團團之御眼鏡的先生，遠在清華學校作學生時，就因故鋸去了左腿，而先生不以殘廢怠於學，反益奮勵篤行，在留美預備時期即以特優成績派赴美國，自本科而研究院，得博士而歸。先生對於黨派，一向主張英美政黨之態度，特反對不徹底之國民黨黨務的作風與共產黨徹底之黨務作風也。先生以為如此最易違背人之本性，最易使人流於玩手段講奸詐，蓋「不誠無物」，彼英美之民主政治或有其毛病，然能順乎自然，達乎人情天理，吾華既脫離帝王之專制，不幸流入一黨專制，則以暴易暴，民主自由不知何日方能真正出現矣。故先生對政治之思想，實與中山先生無異，而總理遺囑原文既由汪精衞氏在中山先生病榻前執筆，而遺囑之英譯，則由先生承之，雖然先生非國民黨黨員，乃一純粹之清華派學者，然先生對中山先生之人格與中山先生對民生自由之真諦，固深深景仰者也。

先生既治優生學，除對先天之遺傳看重外，對於個人之後天的環境與教育，亦同樣重視，故特別看重有天才而又能努力求上進之人。一方面相信遺傳是科學的真理，二方面更極尊重吾國傳統之務農為本（即今之所謂勞動）的清白傳家，認為物競天擇是從清白純潔的份子中去「擇」，「天助自助」的份子自能在物競之中，得到勝利，顯出「適者生存」的特長來。潘光旦能不執於西學，又不蔽於中學，能知西學之長，亦能善用中華學問思想倫理之長者，潘光旦先生應該是今代儒林中之第一人，而且他從不做出一種有道統的姿態。夫子大矣哉，其斯之謂歟？

中國民族自古沒有純宗教信仰，有之，則必為外來宗教，佛教自印度和西亞傳入，基督教自歐洲傳入，回教自波斯中東傳入，我們固有的宗教，便是祖先崇拜。潘光旦先生主張如果沒有基督教和回教信仰的中國人，或者沒有任何宗教信仰的中國人，至少應該認識清楚中華民族自古以來的「祖先崇拜」。

他曾告訴我們，他教孩子們認識春秋二祭，讓他們參加過年的祭祖典禮，告訴他們這種信仰是有根據的，因為父母是從祖父母傳下來的，是一代代因為生物的遺傳，才有今日的你和我。他給孩子們講解「慎終追遠，民德歸厚」的道理，敬事祖先，就是追遠，「繩其祖武」就是照着祖先的正經道路走下去。潘先生在抗戰期間，目擊西南邊疆民族的奮鬥艱苦生活，看到雲貴高原叢山之間的人對孔子對諸葛亮的崇拜，他發現中華民族的祖先所奠定的文化倫理基礎之大，因此他重新對儒家的禮，作一番從頭到尾的研究，而其所秉之研究利器，則是「人文生物學」，所以他的社會學是科學的，而不是文學的。

以前潘先生對先天遺傳，後天環境，和教育三者成一等邊三角形的學說不免有偏重於遺傳之嫌，在他對中國儒學有了新研究以後，他認識了孔子有教無類是盡後天栽培之人事，用以補救先天遺傳有缺憾的人。教育的真正目的，就在這裏，而真正的強國是教育之強，不是船堅炮利之強。

在「家庭問題」的課堂上，他告誡男女同學道：「如果家長要給你們說親事，戚友來給你們作媒，你們不可以無條件不理會，應該平心靜氣考慮考慮。也許他們介紹給你的一個女子，比你們在學校追求而不易接近的女同學更好，也許他們給你介紹的一個男青年，比在座的男同學更好。因為父母或長輩親友師長，至少是對婚姻倫理道德有過多年認識的人，從經驗得到的學問，不是你們年輕人能夠知道的。如果給你們提親事，有什麼理由反對呢？」他諄諄告誡他的學生道：「父母之命媒妁之言並不是專制，而是慎重其事。當然過去的盲婚童婚等等，是要不得的，現代已經可以改正這些了，在正正當當介紹之下，在經過嚴密考察之下給你們介紹，你們可以自己看見他（她）們，同他們來往談話通信，為了慎重其事，為了對一生的大事婚姻雙方負責，有什麼理由不理父母不理媒妁呢？」這些話在當時濟濟多士之中，不能說毫無影響，然而真正受益的人是否很多，可就無從知道了。婚姻既是為家族傳宗，為國家民族傳代，當然是大事，既是大事，怎可以不以「誠敬」的態度處理，這是潘先生學說的中心思想，是他的新儒家社會學的精華。茲舉一個例子，證明潘先生對「敬事婚喪」的態度。

有一男一女兩個同學，沒有結婚就同居了，女的有了身孕，男女之間不和睦了，常常吵架或打架。女的跑了去投訴潘先生（他當時是教務長），潘先生立刻派人叫了那男的來，很誠懇的對他道：「現在第一件事是趕快舉行婚禮，就由我證婚。婚禮可簡可繁，原不在花錢之多少，而在典禮之誠敬。正式行過婚禮以後，互相之間的心理上便大不相同了。」他兩個不敢不照辦，果然男的不敢再欺侮他妻子，家庭比以前更快樂。當然有人會質問我：「現在有人跪在上帝的聖堂前，向神發誓結了婚，或者他妻子為了跟他結合而犧牲了父母家庭的情感，又不貪圖他什麼，他只是一個窮光蛋。可是那做丈夫的卻下毒手在隆重的節日打她，如同舊日惡家婆折磨童養媳，或惡後娘折磨前妻的兒女一樣，請問隆重的婚禮，又將作何解釋呢？」筆者對於這樣的問題，也曾親眼見過，但我要這樣回答：「我們應該承認人類中有瘋子存在，也應該承認衣冠之中有禽獸存在。不能因人中有瘋子或禽獸不如豬狗不食的極少數的份子，我們就不作人了。所以這一類是屬例外的。潘先生譯英儒藹理師的《性心理學》，有專章討論「變態」，無理折磨無告的弱女子，是犯罪的。

潘家洵驚倒瓊斯

大陸重印之西洋文學舊譯作甚多，而《易卜生全集》則仍為潘家洵之舊譯，莫泊桑中短篇小說選集，亦仍是李青崖譯本，不過每篇之末，李青崖特別加注，說明某年初譯，最近某年月日重譯而已。

而最緊要的是說明「根據一九五四年蘇聯出版的俄譯莫泊桑小說選集的目錄譯成，總共二十六篇」。莫泊桑在吾國本來早應最受人歡迎，有人謂係因李青崖譯筆太蠢，所以害了莫泊桑。吾友蔡君，藏有莫氏法文全集，以玻璃櫃貯之，據云係新婚時其夫人私贈之物，版本新如初出印刷所者，而其長子已可以娶妻矣。余每至其家，必開櫃翻閱朗誦過癮，法德文雖不認識，只要有過初期訓練，亦可以朗朗上口。李青崖係吾湘有名的「不才子」，李長之曾告我云：「胖子普通都很幽默，惟李青崖則為胖子中最無幽默感者，而偏偏主編過一個時期的論語半月刊，真乃幽默之大怪事。」青崖庸才，茲不多論，今請話潘家洵。

潘家洵的易卜生，是他初在北大畢業時任助教時期之傑作，初版有胡適之先生之長序介紹易卜生主義，今則割而削之矣。潘字介泉，蘇州人，同光相國潘祖蔭之姪孫，其家伯姪兩狀元，兄弟數尚書者也。當民國二十年到二十六年之間，北大文學院有三個最擠滿人之課室，即胡適之先生（時為文學院長兼中文系主任）的「白話文學史」，錢穆先生之「秦漢史」，與外國語文系之潘家洵主講之「易卜生」是也。潘授「易卜生」不說京話，全部用合乎英國語音學家瓊斯標準語音之英國語講授，而其教普通英文之習用解釋，則反多多利用中國話。課室設在紅樓之上，晨七時五十分第一二堂上課，多年不變更，而外來之旁聽者坐滿長長一課堂，蓋其時燕都學風純樸，北大又有自由出入旁聽之習尚（絕對無人干涉），故外校學生教員乃至已嫁之夫人，並攺組派小腳架金邊近視鏡之老太太皆與焉。弦歌不輟猶日孜孜，確是國家興旺之象，竟日本軍閥來亂華，八年戰劫之後，乃有今日東亞之浩劫，誠「意表以外」之歷史發展也。潘氏代為卿相，故世居京朝，而蘇州老宅則但作終老及近支子姪之用。彼未嘗留學，但讀瓊斯之《英語語音原理》及《音學字典》，便能說得如一個英國正牌爵士。當開戰之先一年，潘因北大休假到英進修，胡適之先生有一函介紹彼見倫敦大學今已退職仍為語音學名譽教授之瓊斯博士，函中很得意地說：「你的學生遍天下，用你的語音學書和字典者，亦不知凡幾，今請你聽潘君之英語，你將會驚奇他才是你的入室弟子。」後來瓊斯在見潘以後，果然讚嘆欽佩之至，蓋早歲留聲語片尚不通行，純靠國際音標準符號與語學原理而苦練成功，與今日有留聲片有錄音機作工具者大不同也。

京劇乃北方學生，乃至京滬和長江並川貴雲南學生之通嗜，此閩粵學生所不能者。潘早歲在老燕都時，便是坤伶劉喜奎之座上客，時不過讀中學及預科也。戰後返平，一見余即笑曰：「還是這兒好，東安市場逛也逛不完，舊書跟螃蟹羊肉，簡直嫌錢太少。」隨即大談其荀留香之「紅娘」，尚小雲之「乾坤福壽鏡」，筱翠花之「小上坟」與「雙鈴計」。及童芷苓自滬返平，得悉筆者乃童家熟客，竟託筆者索求童之簽名照片，視同拱璧，且笑告予曰：「在歐洲也一樣，凡是伶人，喜之者皆以得其翰墨為榮。而且任何一個男女伶人，不論其在台下如何平凡，但一經登台成為名演員後，便自有一種神秘在引誘人，對她或他不得不死心塌地崇拜。」此語出自一位教英國戲劇及易卜生課之教授，足證今之明星崇拜熱，實為傳統的高尚文化。潘的京腔京劇可與北城之旗人相似，而其鄉語蘇州話，則據其同鄉某君告筆者云：「乃百分之百的蘇白，而且用字典雅，韻正腔圓。」惜余但覺聽來軟美，而不甚懂得其辭彙包含之內容也。

其夫人亦係蘇州人名門貝家之千金，屬高碩之蘇州美人類，潘因近視過度，學生嘗竊笑曰：「此公或尚不知師母為一美人歟？」有清二百六十年之狀元，半出蘇省，而蘇省則半出蘇州城中，潘家居其二，介泉先生讀書之勤與慧，實為江浙世家之代表，今亦六十有餘了。

傅孟真聯姻高門

正想談傅孟真（斯年），忽然台電傳來，說那位因雷案被捕的大主角劉子英之入台，是由傅孟真保的，現在傅已死了多年了，想必不致再被牽連。關於傅孟真這個人，罵他的人很多，捧他的人其實也不少。在近代山東學者當中，傅是一個「通儒」，當不必論。他中國書和外國書都讀得夠多的，尤其中國書，難得他讀得多還能強記於心，重要的經史，常常不必查書就順口說得出來，這對他平日為文與說話，自然幫助不少。

許多人都知道傅孟真是他老師胡適之先生捧起來的大腳色，但這種看法，似乎真正追溯起來，也只道着了一半，還有一半卻不能歸功於胡，而要歸功於他讀中國書——尤其經史讀得太通了，使他於人生有了真正的「歷史的認識」。這話說來似乎有點近乎康德知識論的腔調，令人表面上不易索解，為了敘述方便起見，我先要引一段小小的故事，當時筆者是親自在座的。

民國二十七年起，大學和研究機關，因戰事紛紛遷到滇貴川三省安全的大後方，傅所主持的中研院歷史語言研究所，最初是遷到雲南昆明郊外的龍頭村。有一天傅孟真到城內青雲街任叔永夫人陳衡哲先生家裏吃晚飯，那天吃的主食是北方的白菜豬肉水餃，由許多小朋友幫着做餃子。傅是個中等胖子，圓面配圓形眼鏡子，看去很像孫科，不過孫科白些，他黑些；孫科的鼻準尖些，他的鼻準突些。樣子很有點像曹孟德。後來正式開飯了，他坐上位，任太太夫婦打橫，筆者和任家三個小朋友，坐在下半圍，另外還有文化基金會的一個職員。傅吃了一陣餃子，聊了一陣天，忽然不吃也不說了，又靜靜的在奸笑。任太太忍不住了，笑着逼問他道：

「傅先生，你好像想說什麼又不想說似的，一定有什麼話到了口邊？」

他含糊其詞答了兩句，想混過去，可是任太太是個何等精明的人，忙搖頭道：「決不是這個，你一定有話想說，看你自己在忍不住笑。」他忙改口道：「我想到我那史語所搬到了龍頭村，就好似初期北美殖民似的，各租一處鄉下房子，各佔一塊地方，星羅棋布，想起來當初北美殖民也不過是這個樣子。文明的開拓，原來就是這樣。」說罷作山東音的鷺鷥笑，任太太假裝他答的話不錯，也就不再追問他了。飯後他坐了一會就走了，筆者忙問任太太道：「傅先生答的話，您為什麼懷疑，他真不知道為了什麼事情老是笑？」

「你們小孩子那裏知道傅孟真的書實在讀得太好，他這人讀多了書，真正如虎添翼。」

在傅的前輩或平輩，好朋友中曾有這種批評，當然不是偶然的事。傅的中年和晚年（死時不太老），也可以說他的一生，實得益於讀通了中國書。茲引陳寅恪先生《元白詩箋證稿》第四章，論元微之的「艷詩及悼亡詩」中的話，以證明他的一生除了憑藉乃師一言九鼎，在天津大公報星期論文和獨立評論中大捧特捧外，實有賴於下面的道理：

「人生時間約可分為兩節，一為中歲以前，一為中歲以後。人生本體之施受於外物者，亦可別為情感及事功之二部。若古代之士大夫階級，關於社會政治言之，則中歲以前之情感之部為婚姻，中歲以後事功之部為仕宦。」又云：「……欲明當日士大夫階級之仕宦與婚姻問題，則不可不知南北朝以來至唐高宗武則天時所發生之統治階級及社會風習之變動。……故士大夫之仕宦苟不得為清望官，婚姻苟不結高門第，則其政治地位社會階級即因之而降低淪落。」傅孟真一生之成功，實有賴於他之娶浙江俞門小姐為「中山妻」是也（即鄉下太太暫停，另娶一摩登太太，陳衡哲先生稱之為「中山妻」）。俞門者，浙江望族為宦湖南，與曾文正孫女聯姻，生俞大維兄弟姊妹之俞府是也。傅所娶為俞大綵，即今之傅太太是也。俞家兄弟姊妹甚多，且無一不有學問，大維姑不論，俞大猷為農學家（北大農學院長），俞大英為曾昭掄夫人中央大學英文教授，俞大真為北大英文系女教授，大綵亦為留美生，傅能作俞門曾太夫人之佳婿，故其中年時得列入高大門第，而大舅老爺又自兵工署以來，宦途順利，久據要津，故傅能在學術教育界當道，至死不衰，即因通婚清末民初大世家也。

梁實秋神采清逸

穿了綢花長衫，走起路來神彩飛揚，談起話來，造成的語句就是絕佳的散文，雪白方而略長的面型，個子高大，恰到好處，「京腔」純粹有如旗人，而無旗氣之庸俗，周身中國士大夫階級氣質，豪邁而胸襟開朗，人情味濃厚，有禮而無過度之客氣，謙虛而出自真誠。此何人兮？罵魯迅罵到比魯迅罵人更入木三分之梁實秋先生是也。

他是以莎士比亞起家的英文學者，有人說他過時了，一點也不錯，莎士比亞本來早已過時了，他本來就不是現代的英國之寶呀。但當我讀到近年梁實秋在台北譯註的莎翁著作時，我覺得他至今還是莎翁的東方研究者，而且比他早年的更詳盡博雅精深了。悶住在台灣國立師大，忽忽十二年了，他除了抱住他畢生喜愛的莎翁全集，白首窮經以外，他還有什麼別的可樂的工作呢？

余初識實秋先生，在一九四七年北平中山公園的看花季節。「北國正花開，已是江南花落」，那高高大大成行成列的丁香花要四月初才正茂盛。是日為天津益世報社長劉豁軒先生請客，特在「來今雨軒」設西餐，到者有俞平伯、林文錚、沈從文、梁實秋等，梁在席上每次必使人如坐春風，滿身舒暢，他談話頂多，那次也不例外。但初次見到他——我想那應該是他三十多歲，丰神俊逸之年，卻是在北平東城青年會隔壁那家影院看「羅密歐與朱麗葉」——黑白電影之時，他能全部背誦其中的對白，正一家人坐在我的後排，我的初中一同學老鄧卻認得他，悄悄告訴我道：「梁實秋在後邊兒！」來今雨軒午飯後，劉先生須趕火車返天津，看花遊園之事，由北平辦事處主任招待我們穿過後夾道，到紫禁城御河對岸公園後身的柏樹林，然後穿入丁香最多的社稷壇，他始終不停地談笑着，深藍石榴暗花的夾綢衫，在和煦而清爽的燕京春風裏飄飄蕩蕩，真有神仙之概。俞平伯人矮頭大，訥訥不多言，沈從文大近視，和他攀談，林文錚先生卻在指指點點告訴我：「巴黎通凡爾賽宮的林蔭大道，當花事正盛之時，空氣很有點像這樣香噴噴的。」林是不折不扣的法國派藝術家，當時正做着國立北平藝術學院院長，可是他在西南聯大一直是教高級法文和法國小說，是蔡元培先生最得意的東床長婿。林穿甲巴甸外套，咬煙斗，長披髮，手搖司的克，但做得一手五言舊體詩。最怪的是從前習歐洲文學有心得者，大都中國詩文成家，梁之散文，林之詩歌，都少有人能及，而且自成一格。大概他們都是辛亥革命後的讀書種子，其時國運確有昌隆之望，故出的人物也似模似樣，不若後來之衰弱空虛，此吾輩之不及先輩，雖欲不承認亦不可能者。

一九四八年冬十二月十四日午後，我在滿城風雨的天津，到海港工程局陳同學那兒去取他給我代買的太古逃難船票，他告訴我道，「正好，你跟梁實秋全家一船，都是大統艙。」可是上了船時，他夫人已因平津交通斷絕，不能趕到，他攜一子一女上了船。據陳同學告訴我：「梁先生賣了他家自乾隆時候傳下來的一堂紫檀木器，得五兩金子，作為逃難用費。」梁太籍浙江杭州，可是在北平住了百多年，算是南邊人在京華最老的住家了。在船上共十五日，因為渤海轉入颶風，到南韓之仁川，又再轉釜山，這樣來到香港，已是除夕的先一日了。梁在船上幾將這二三十年的儒林掌故和軼聞趣事說光了，二百多人一間統艙，那半個月真過得舒服有趣。

戰時他在渝主持很久的編譯館，戰後卻反而去了師大，因為北大已由傅孟真在接收時約下了朱光潛做主任，梁和傅是在國民參政會吵過架的，所以迴避了。他是一個很肯幫忙人的前輩，現在已經滿頭白髮了。但他素來文如其人，甚有朝氣，非常之樂觀，對中共的認識，他該是中國儒生中最深刻的一個，所以早年他罵魯迅的譯作是「天書」，因為他自己實在譯得好。

曹禺得益南開風

創辦南開的吾國最偉大的教育家張伯苓，在清末屢敗積弱之餘，知非教育不能救中國，遂決心以畢生貢獻於教育事業。以數名私塾學生開始，終於辦成全國公認最好之南開大學，由南中進而創辦南開大學。吾國私立大學遍南北，然就第一流之私立大學之校史觀之，則莫不有教會及洋人為其背景，如北之協和與燕京，東南之金陵，東吳，滬上之約翰與震旦，四川之華西與協和，武昌之文華（後改華中），湘之雅禮（後改中學）與湘雅，粵東之嶺南，凡有成績者幾無一不有新舊教會及外國財力人力支持，欲求一所真正之私立大學，而又在學術上能負有國際聲譽者，捨張氏所辦之南開，吾人不知尚有第二所也。

南開中學因肇始於清末，故其傳統精神與學風，亦自有其一套南開風。南開不論大學中學，每年各有校慶，校慶之日，張校長不論遠在歐美，天涯海角，亦必趕返天津參加，與各教職員及家屬團聚。余得參加此種「回家節」，係在張氏極晚之晚年，亦是張氏此生最後之一次，一九四七年南開大學校慶，張氏已七十餘歲，正任考試院長，且患糖尿病，而仍從南京飛返天津，偕古稀之夫人回來作家長。張氏夫婦例並肩坐於茶話會之最上位，然後男女教職員及妻兒丈夫分左右列於兩邊，每一人或一家，趨前到張氏夫婦跟前，張氏數十年戴墨晶眼鏡，兩老必拉住所見之人，不論其為男為女，為小孩為大人，張氏夫婦必拉之上下摸索，問各人之近況。有一講師，新婚不久，張夫婦初見，更加細細拉住查看，用天津話訓之曰：「小兩口兒別吵架，他要欺侮你，你可以告訴我！」其情況極如紅樓夢中之老祖宗史太君，特賈母只是獨自一個老太太，而張氏則舉案齊眉，同偕到老也。

南開中學每屆畢業班，必負責演一齣精采之話劇，以為臨別紀念。故每到高三開始，或早於高二之時，即已準備排練，如臨大敵焉。早歲無女生，演話劇稱為文明戲，而以男生中之韶秀者扮女角，周恩來當年即曾風魔過觀眾之南開台上之「積克蒙妮亞」也。因為每年有一次畢業班話劇。南開學生之課外活動除體育外，便以話劇為最熱門，而一經選為演員，其於舞台藝術之造詣，決非今之封面明星所能望其項背。話劇編劇與導演或由教師主持，或由師生合作。有國文青年教員曰萬家寶者，為箇中之翹楚，其所編之《日出》與《雷雨》，成為吾國五四以後劇壇之大傑作，此公即「曹禺」，曹禺乃筆名，禺字乃萬字去草頭，若非當年重視話劇，有畢業班之演戲傳統，則曹禺無從產生也。

戰時曹禺已享大名，嘗到昆明，為西南聯大話劇團親導《日出》與《雷雨》，最初演於省黨部之大禮堂，竟繼續半個月不斷，半因曹禺名大，親自出馬，半因女主角「鳳子」

之演技與色相，皆臻上乘。鳳子其時正與聯大師範學院史學副教授，新文學家及長詩《寶馬》之作者孫毓棠同居，孫亦出身南開，不但導得好，亦演得好。曾經與鳳子合作演曹禺之《原野》，達二十場之久，售座空前，欲得一票，非排長龍不可。

當時後方之話劇，在渝者以中旅劇團為第一，在滇者，以聯大劇團為第一。除曹禺之原有劇本外，有清華德國文學教授陳銓常編新劇。陳雖德國博士，譯著很多，然限於所謂歐洲大陸派，終不如曹禺之有天才。陳甚矮小，曹雖中等身材，而神氣過之，然皆不及孫毓棠之翩翩。陳曹皆有追求鳳子之意，出入追隨，稱奴稱臣。鳳子為話劇演員之天生尤物，嬌小玲瓏，而珠圓玉潤，益以讀書頗多，談吐風雅幽默有趣，故能囊括儒士，醉倒名流。後竟因外面之壓力過大，與孫毓棠離居，凡識之者，莫不惜之。此乃二十年前之劇壇清話，今日述之，已如隔世矣。

戰後美國國務院約請吾國新文學家去美演講，教育部選曹禺代表戲劇作家，老舍代表小說作家，細細思之，捨此二人，實無法拿得出真能代表之人物。老舍乃滿清天潢貴冑，對國民黨有亡國之仇，曹禺則為左派必爭之角，故二氏皆留大陸，實則天塌下來，無路可走，亦無路出走者也。

老舍原是帝子孫

老舍的小說應歸入「方言」小說類，因為北平市和市郊的土白，並不能算是「國語」，雖然國語的四聲陰陽上去（無入聲）是根據北平話的四聲，但老舍用的北平土白，不論放在長江流域能說國語的讀者跟前，或擺在一般的粵閩當地不能說國語的讀者跟前，都只是方言小說。我想老舍有許多小說，尤其是解放之前的後期小說，如《駱駝祥子》，《龍鬚溝》（短篇），《斷魂鎗》（短篇）等，都和清末民初的《海上花列傳》，《九尾龜》（以上蘇白）和《兒女英雄傳》（京白），並現在流行於香港許多報紙上的粵語小說，是屬於一類的方言小說。

上面這意思筆者心中早有過，只是沒有抓中應該怎樣說法，前日午間與二三友人「食晏」，一位朋友隨口而出說「老舍的小說就是經紀拉粵語派的方言小說一樣」，一語啟發我的思想不少，特為標出，以示耳目隨在留心，皆有學問焉。

但老舍早年的小說，如文學研究會商務出版的他的有名的長篇《趙子曰》、《老張的哲學》，和曾在施蟄存主編的《現代》月刊上連續發表，後由現代書局發行的《貓城記》，其北平方言之成份就不如他後期者濃厚，勉強可以稱之為含有較多北地方言的新文藝小說。貓城記諷刺中國內戰，說貓城國因為互相殘殺，以後來了個矮人國入侵，將貓城國征服了，只餘下兩個貓城國人，便用一隻鐵籠子關了起來，次早矮人國看守者跑去一看，兩個貓城國人，竟又死了一個，原來只餘下兩個人（中國人），也還是要內戰。這樣的諷刺，在當時實在是最好的教訓，因為當時給中國最大威脅的是日本，其時正在「九一八」之後。貓城記中所稱之人皆嗜好的「迷葉」，吃了會懶惰，是諷喻鴉片煙的，而許多人見了面必說「大家夫斯基，通通夫斯基」，或者在兩人初見寒暄講禮之時，必問「老兄夫斯基了沒有？」另一個必答：「夫斯基，夫斯基！」是諷刺貓城國人以講幾個外國字為榮的奴性，都非常之深刻和夠膽。可是後期的老舍小說只在方言上運用得更多，但卻遠不及二百年前的紅樓夢和西周生（蒲松齡）著的《醒世因緣》來得成功而有系統，真能描出當時的社會生活來。近年，尤其是最近他在大陸以文藝作家領導人的地位寫的小說，卻成了下意識的迎合不通政治的公式作品，老舍應該想到他所最看不起的當年國民政府，至少給了他寫作的自由的。

他漢姓舒名慶春，號舍予，與北大的東方聲韻學家羅常培，同屬於「愛新覺羅氏」，是不折不扣的「天潢貴胄」，皇家的龍子龍孫。當他從濟南帶了太太和小女兒到北平（民國二十五年秋）時，便住在北城前圓恩寺街羅宅。羅常培請他到北大公開演講，二院小禮堂人山人海，連講台的地板上和兩邊大玻璃窗口，都爬滿了他的讀者，其受歡迎是空前的。那時他正走紅於林語堂所辦的幽默半月刊《論語》，又因為多年不回北平，物以稀為貴，更是風魔了「北京青年」。他講寫作經驗，不主張蓬頭散髮囚首垢面便稱作家，也不主張住到西山靜靜地對着楓林秋色，仰望雲天，便會有靈感。他認為只有在白紙之上寫下黑字，才第一步算數。事隔二十多年了，筆者對他這些話還言猶在耳。那時誰也沒料到會有今天，所以老舍的言論，也仍不出「小布爾喬亞」的思想範圍，而他在當時是屬於小資產階級作家，今日的他，當不會否認。他因為去倫敦大學教過「中國語」，少不了惹了些紳士習氣在身上，衣料和紳士用物，多是幫襯英國洋行的。

他的舊詩作得敢稱第一流中之第一流，論語半月刊二週年紀念時，他題贈了兩首詩，茲將記得的錄一首，以示一斑：「問誰揮淚傾甘苦，慘笑惟君堪語愁，半月雞蟲鳴冷暖，兩年蛇鼠悟春秋。衣冠到處尊禽獸，利祿無方輸馬牛。萬物靜觀咸自得，蒼天脈脈鬼啾啾。」又題他夫婦攜一個三歲半小女兒之全家福云：「爸笑媽隨女扯書，一家三口樂安居，濟南山水充名士，籃裏貓球盆裏魚。」像這樣的詩，就算打茅盾巴金的屁股，他們也作不出。

冰心清麗且明潔

五四新文學運動初期到「七七」國難前後，吾國新文學之成就，去歲耶魯大學已有吾國夏博士做了一部《中國新文學史》，詳詳細細評論過，其結論認為無論小說、詩歌、散文、戲劇皆甚單薄而貧乏。該書作者，毫無疑問是才學識三者兼優，評論公允的，但他卻是拿近五十年英法兩國的「新文學」作標準，來衡量中國五十年來的新文學成就的。五四初期諸家，直到曹禺的頭三四部話劇出版，成績確是斐然的，而女作家之中，謝冰心當然是自成一格的。冰心的成就首在散文，次在新詩，再其次在小說。

最近有某女士初讀錢鍾書的小說「圍城」，說女人的思想不及男人的深，就曾拿冰心作比較，說冰心簡直在思想的深度上，不能與錢鍾書比。假如指的是小說中的對人生的觀察，則其言或有是處，若謂整個「文章」而言，則冰心不但自成一大家，而且四十年來，尚無第二人能及其散文與詩歌之清麗明潔。連所有男作家都一網打盡，計算在內。中共近年重印冰心等名家之選集，冰心並無新作，新作亦不佳，還是《寄小讀者》那些作品，但那些作品從我們做小孩子時讀到今日小孩子們還在教科書上讀，青年少年讀書者還在愛讀，其為不朽之作，是不待論的。

謝之留美，非屬清華留美預備，但卻在美得過清華基金之津貼，故民國二十三年所編之厚厚的清華同學錄中，有「謝婉瑩」之名，即冰心是也。她和她丈夫吳文藻並清華一九二三留美生，是一船渡太平洋的，那時兩個已極要好，那一船去的人，後來成名的不少，梁實秋先生即其一。她讀的是「韋斯莉」女子大學，與第一夫人同學，一點也不假。但她之入國民參政會，則係由於陳衡哲女士之辭讓與推薦，陳和謝在北平時，是通家之好。民國二十四年冬天我第一次到燕大她家去，並不是陳衡哲先生介紹的，因為陳一家去了成都，是豈明夫子用電話介紹的。那天午後我帶了上海新刊印的《死魂靈》木板圖去苦雨菴給老人看，老人忽然問我道：「你可以去燕京時看看冰心。」說着時便站起來去打了個電話，回到座位上來時很高興地笑道：「她說隨便你幾時去，最好在下午，在她家裏吃了晚飯再回城。」毫無疑問冰心一家連孩子讀的公仔書，是全般美化的，但有中國字畫之張掛與中國書架。我在冬天的紅日之下，去看她夫婦的，她正在教年方六七歲的兒子讀美國出版的兒童故事。她習慣梳劉海，純粹曹錕大總統時代的婦女打扮，而且一直到抗戰時之滇川，也沒有改變過。

以後我每逢她家有少年朋友的聚會，都有我的請帖，因為遠處西郊，卻不一定次次都到。她一家都是最虔誠的基督徒。在她的作品中，有着濃厚的上帝之愛。

燕京原是成個美國大學，除了建築外形用宮建式內部用西式，與協和醫院一模一樣外，一切可以說是「美國」氣氛。例如工友拖地板的也說英語，在今日看來當然是荒乎其唐的。吳文藻當時是社會學系主任，不過因為太太過於有名了，所以不大為人所知，而他們同輩的留美學生，都戲呼吳為「謝冰心夫人」。吳是江浙人，彬彬有禮，誠懇文雅。在女作家之中，冰心遠不及陳衡哲之溫暖可親，雖然後者有時脾氣很大，但不似冰心之清淡。她說的是純粹北平國語，沒一點福建音。也許因為我只有十六七歲，她還把我當孩子吧。後來在民國二十八年之秋，她夫婦過昆明，住在雲南大學的小山上，同在一所房子裏的，還有北大的法國教授邵可侶夫婦，邵的夫人是北大史學系畢業的漂亮中國小姐，我再見到她們時，冰心正親自挽了一隻小菜籃子在爬那雲大的高高石頭梯子。她見了我喘了氣又急又高興，放下了菜籃子道：「想不到大家來到這兒了。」我趕過去幫她提那籃黃蘿葡白菜。「你怎麼自己去買菜？你好？」只聚會了三四次，不久她全家就遷居四川了。

因為在新文學界輩份太高了，所以許多老鬍子，對她也很尊敬。她除了回國在燕大玩票教過一點書外，一直沒有正式任教。我想她讀書養病的時間，是多於寫作與教書十倍的。

廢名打坐兼打架

周豈明先生在七七事變前，有過一次訪日講學，記得他同着夫人在上海答記者問的時候，說他最得意的門生有三個，曰謝冰心，曰俞平伯，曰馮文炳（廢名）是也。苦雨菴主人當北洋政府時代，在那時的北京，以「二老」一人，身兼北大，平大，師大，和遠在西郊的燕京教授。據當時人說，來不及的時候，更輪流請假，而北洋時代政府欠薪積有一二年之久，故請假亦無所謂，加上後來老人在北大專任多年，則門生必多如雨後胡同中之蛙，而獨推此三人，豈真能傳其衣鉢者耶？

三個人之中，各有所成，然無一在思想上能及乃師，當然他們可能各有其思想。然三人之中，竊以為廢名最能悟道，亦最能使得「夫子」眷念，所以光復之後，八年間知堂之新文集，便可以讀到「懷廢名」的文章（「藥堂雜文」）。吾國文、黨、政界有三名人相貌嶔奇古怪，羅家倫之為黑熊，梁漱溟之頭如山岳，廢名之黃瘦瘋癲，神經悟道，皆為民國以來之不可多得者，我識得廢名甚遲，是在光復以後，他既不住在沙灘紅樓頂三層的寡人宿舍，又不住在北大分配給教職員，遍佈在四城的四合院公館，他住在沙灘文法學院諸大洋樓之間的一些平房雜屋之中，好像是「東齋」的後身。我懷疑那幾間屋子，就是蔡元培當年劃出來給李大釗他們辦馬列研究會的地方，如然，則為中共之產房，毛澤東之發祥地也。他下了課（當時除教普通一年級國文外，另開《論語》課），便回房去打坐。假如你從窗口向內偷看，他正端坐在木板薄毯床當中，凝神入定。但他的打坐，既不屬於和尚一類也不屬於水滸傳羅真人那一類，我想應該稱之為「孔門的禪悟法」。但坐到不久，就自動地手舞起來，而且笑着哼着。有時候在走路的時候也自言自語與笑着走着。他是湖北黃崗人，倒是個出經學家的地方（黃侃即其同鄉），在我們認為他正常的時候，卻是訥訥然沉默的。他的小說《橋》和《莫須有先生傳》等，另成一派，連乃師豈明夫子都說不大容易讀得懂，惟其如此，所以另成一家，其文字專走枯澀一途，或許世人不能悟道，故不能讀懂他的文章也。

寫《新唯識論》的熊十力翳子，是他的湖北同鄉。十力教哲學系課，因為同鄉或因為證道的關係，兩個常常在一處討論。由討論而抬槓。有一天，熊十力老翳子跑到廢名房中去，兩個又不知為了什麼問題，爭到面紅耳赤，聲聞戶外，很引起外頭的人注意。在大吵大叫之餘，忽然不聽見他們說話了，只聽到枱椅相碰之聲，原來廢名已經和熊十力在房中，扭打起來。熊老不敵，被廢名（黃瘦乾乾的）拉了出來，熊十力一邊逃走，一邊回身指了廢名大罵「你錯了你錯了，我的道理對」。這樣打過之後，一宿無話，第二天熊十力忽然興匆匆又跑來尋廢名，一見面就笑嘻嘻對他道：「昨夜我回去再想過之後，還是你的道理對了。」於是二人都相視大笑。這樣的風度，至今使人嚮往。在香港報紙上也常見有人互罵，或爭論些枝枝節節婆婆媽媽的問題，但卻見不到有種當面抬槓抬到扭打，分了勝負之後，第二天想通了的那一方，又再回來承認對方的道理不錯，這種風度，實在可愛。熊十力與廢名之可敬可愛，就在這些地方，卻是海內無人能及的。

他教書頗似他師父豈明老人，一肚皮思想學問，口才不及其文才與天才。但廢名的舊詩卻很悟道，雖然還不及其師兄俞平伯學杜之工，對物對情，都有很深的體驗。這個人是一個最令人懷念的人，和梁實秋，李長之，陳衡哲極少的幾位新儒生一樣，是我時刻難忘，很願今生能夠再見一面的。

春在堂書香四溢

——俞平伯家學淵源

苦雨菴弟子之中，俞平伯是第一個書香世代，家學淵源的。他曾經見過他的名滿天下的曾祖父曲園老人，而且還將他三歲時和他曾祖父照的一張照片，印製了銅圖，分送給知交師友。一個扶杖的八十老翁，帶了一個三四歲的小和尚頭男孩子，那便是俞平伯了。他父親俞陛雲是探花郎，解放以後才去世的，大概也是近八十的高壽了。

曲園老人在杭州書院任山長，是彭玉麟做浙撫之時聘請的，彭剛直公與俞曲園訂交之後，便議及兒女婚姻，彭將孫女字給俞的孫兒陛雲，那便是平伯的嫡母了，平伯是繼配夫人生的。曲園為浙江德清望族，卻與湖南淵源很深，因為曲園是在曾文正作主考時中的，曾文正對曲園的「花落春仍在」一句試帖詩，大為欣賞，認為這士子前程遠大，器識非凡，便圈中了。曲園似後名其齋曰「春在堂」，便為了紀念曾氏的青眼。彭俞訂親，在洪楊平定之後，大概在同治末年，其時兩人都是過花甲的人了。俞甚盼早娶孫媳，可是彭的孫女兒年齒太幼，幾經磋商，終於在彭孫小姐十三歲那年，坐紅船沿湘水北入洞庭，轉揚子江而東，到浙江去完婚了。當時陛雲探花郎也小得很，怕只有十五歲。可能鄉試尚未中舉，但當年，這樣小小年紀結婚，對遺傳不但無影響，而且還多出天才，今則遲婚成習，過猶不及矣。

陛雲中探花年紀甚輕，約在二十多歲時，但成婚後彭孫小姐偕夫婿回門，卻是在陛雲正二十歲那年。彭宮保的大宮保第，是在衡陽的江東岸（城在西岸），宮保乃吾國「梅花文學」之首創人，所謂「退省菴」不但指杭州的湖居，而且也指宮保第的大公館，花園亭台樹木，到了抗戰之時，早一片荒涼了。筆者與彭家有姻誼，但如計筆者祖家之關係，則長了一輩，稱其內姪為兄。戰後筆者返衡，看見了彭家老四和老八兩個，此時理安二老爺已經作古，彭老八拿出一封自北平新寄來的陛雲老人的弔其妻舅的信，和四首輓詩給我看，小楷行書，文情並茂，可惜我只記得第一首了：

憶昔曾揚楚澤舲，
我纔弱冠君髫齡，
滄桑五十餘年事，
感逝傷時淚點零。

老八因為我將取道京滬返燕，臨行交給我許多湘衡吃食土產，我在到平之後，因為就住在文法學院的紅樓頂上，便將這禮物尋到平伯上課的教室中交給他了。當時因為又心境不好，只去拜見過一次老人，時已七十餘矣。關於平伯，卻是時常見到的，他大大的光頭上，其時已經灰白，現在應該是滿頭霜雪，白首窮經的舊儒生了。

「古人」甚重禮制，對姻親雖多年睽隔，也還是互相懸念中的。探花郎之哭其舅老爺，而且信上還說一定要將這四首詩在靈堂前焚化，可見「古人」之情為何如了。彭老八因為探花晚年翰墨不易得。另抄錄焚祭了，原稿卻一直珍藏着。

平伯文言寫得好過白話，白話喜扭捏，余不喜其文體。但假如不多用「呢」字，也還是寫得極好的。但一手蘭亭，和學杜的舊詩，實在好得厲害。至於學其師知堂老人文體，則既不如其師弟柳存仁博士，亦不如吳曉鈴（專研曲學，現榮任大陸文字改革委員）。平伯對紅樓夢之研究最早，與胡博士同時，對原本八十回以後的研究，是解放前後之作，對紅學是頗有功績。他中等身材，頭特大，方面近視，標準早年住西齋的北大學生。在他那個時代，工友稱學生為「老爺」，蓋仍沿前清京師大學堂之舊習也。和他同時的有潘介泉（家洵），和史學家顧頡剛。他們都是從助教一路慢慢兒做到教授的，沒有喝過一滴海水，亦無妨其為學與做人。像這樣的書香之家，原是東方文化的主要基石，時代不同了，這些全完了。我想似春在堂這樣的祖孫四代的治中國經史文學的家庭，應該是中國最後的一家了。

風雨茅廬看徐娘

——談郁達夫

日本人是信神的民族，第二次世界大戰之失敗，當然是神的安排。南進政策之荒唐，取得中國大部份土地而不能消化，侵華軍隊與不理自己的政府，在華及南洋群島所施之暴政，處處使人感到明治維新以來之日本「文明」，不是文明而是「野蠻」，每到一處，便以未開化民族自居，神安排他們吃世界上頭兩粒原子彈，正是神的有知。郁達夫先生在一九四五年許多地方光復以後之九月十七日，還被日本憲兵殺害於蘇門答臘，這足以證明日本遠征少壯軍人之無知，殘酷，和野蠻。

達夫是山明水秀浙江省富春江的富陽人，正是江東孫權的鄉親。假如我們說徐志摩是作新詩的詩人，那麼郁達夫應該是五四以來中國新文學界作中國舊體詩的最大的詩人。他的詩可以稱之為民國時代的溫飛卿，就詩才言，決不在雙照樓主人汪精衛之下，當然他的「格律」遠不及南社諸子謹嚴，惟其不過謹嚴，所以他才是新文學家當中的舊詩人，他的散文和小說，都曾紅過一時，在創造社時代，他是與郭沫若齊名的，當時連同成仿吾，可稱三大台柱，如果照唐之「李杜」、「元白」、「溫李」的稱呼，我們可以稱創造社時代有「郁郭」。這很巧，兩人的姓都從「邑」，都有右耳朵偏旁。但就政治上的投機，人倫上之忠厚，人格上之清白，郭沫若都遠不及他的至友郁達夫。論詩才，則郭無論舊體新體，與郁各有千秋，而且郭的氣魄較雄，而郁則流於太重兒女之情。不過我們若比較他二人的「傳記」，則我們該對郁達夫敬愛，而對郭鼎堂鄙視。郁不論在情慾上如何放浪，但他是一個「君子」，郭不論在黨政上如何投機，不論在詩詞上如何有成（文章壞到不可言，除了序其金文研究之古體文外，白話文根本不成熟），卻是一個不折不扣的「小人」。

我在杭州陳逵教授家作客時，他忽然在一天早飯時問我道：「你喜不喜歡讀郁達夫的東西？」我說喜歡。他笑道：「他現在福建陳儀那裏做官去了，昨天聽說他就在這兩天要回到杭州來，我們回頭去他那所新房子風雨茅廬看看。」陳太太褚女士要帶小弟弟去看蟲牙，飯後陳逵先生同我步行，到了一條住宅整齊的街巷，在一所油漆甚新的平面洋房門前拍門。那裏是什麼「風雨茅廬」，分明是一所最新的洋房。開門的是郁的大兒子郁飛，一個十七八的青年，見了陳先生就叫「陳伯」，接着說：「不知道怎麼回事，爸爸今天還沒有回來，請進來坐坐吧。」陳先生拉了我進去，客廳窗明几淨，卻不見書架，大概另有書房，梳化枱燈，一切洋式。

郁的有名的手韻猶存的太太王映霞走出來了，一見陳先生就問為什麼太太不來玩，在介紹之後，我當時也只十八九歲，只有文文靜靜地坐着。我見她好似睡了剛起來的樣子，她那模樣兒可以證明她十年前或七八年前必然是一個尤物。陳先生因為達夫未歸，不便久坐，只笑着應酬道：「我們還要過湖去，他回來了，請你派人來告訴我一聲。」就這樣主送賓辭，我們別了「風雨茅廬」。還沒有出巷口，我就大叫失望，為什麼不在湖濱建所房子，卻在這巷子裏築一所小洋房，卻叫「風雨茅廬」？陳笑着道：「談何容易！這已經虧了他了。我本來不想進去的，後來一想，讓你見見這位當年的絕色美人也好。怎麼樣？你看她現在還這樣的標緻！」當天我們去遊山，到了理安寺，滿山盡是六朝遺留下來的楠木林，寺在山腰，山阿之間有一溪，隱於卉草之中，上有石橋，之後有一方形石亭。陳先生指了石橋和亭子給我看道：「達夫當年熱戀着映霞時，有一次十五月明之夜，他帶了她到這裏來露宿在這橋上，仰觀明月，俯聽流泉，摟着她睡了一夜！」那地方至今如還在我眼前，不論楠木林，石橋，石亭叢草溪流，和靜靜地從後面沿路而來挑着一擔柴草的老樵夫，都歷歷仍在目前。又誰知那生了幾個兒女的王映霞，會跟了浙江省教育廳長許紹棣私奔，弄得達夫毀了家，傷了心，遠去南洋，死於非命！

寒風陣陣雨蕭蕭，千里行人去路遙；不是有家歸未得，鳴鳩已佔鳳凰巢。

這是郁達夫的《毀家詩紀》中的一首詩，卻不是他自己作的，而是他在八一三之後在福州王元君殿裏求得的一張籤詩。達夫深具中國士大夫的習氣，非儒非墨，亦佛亦道，全無不可。這時教育廳長——也是達夫之友，已經帶了友人之妻（達夫稱之為下堂妾王氏）徐娘雖老名氣猶存的王映霞到浙省金華麗水去賦同居之愛了。可是達夫並不知道，他從閩浙陸路過廋嶺入閩，據《詩紀》說，一路曉風殘月，苦不可言。到福州後他有電致王映霞，叫她到富春江南岸一家親戚家去住，映霞去了，不到兩個月，便隨教育廳長去矣。達夫是個純粹的文學家，而且屬於五四以來第一個頹廢派作家，但卻有吾國傳統德道的不合時宜的倫理觀念。他對女人之事隨便則有之，「二三其色」，乃至「七八其色」則有之，然僅限於風月歡場，至於「乘人之危，佔人之妻等等」（用他自己的說法），是決不會有的。又誰知「官」與「金」兩個字，卻引誘了一個當年他苦追到手的美人兒，而這個美人兒實已徐娘半老，兒女成群，世事之不堪問，人情之太反常，都證明大戰前後劫運中的道德的離乎常軌。王元君殿的王元君有靈，送了他這首鵲巢鳩佔的靈籤。

一九三八年，達夫接到在武漢的政治部電促，一月初自閩返浙江麗水，大雨連朝，他取道延平經龍泉，到了麗水，與映霞聚首。可是只三天，教育廳長也自金華「回」到了麗水，於當天下午六時要去「碧湖」，王映霞居然棄了良人附車隨廳長老爺去了一天，次日午後歸來。只此一事，使到睡在鼓裏的達夫有如東亞睡獅一樣，從大夢中醒過來了。人言嘖嘖，人所共知，空穴來風，不為無因，自認糊塗，便請「那婦人」（水滸稱潘金蓮的字法）自作決定。可是那婦人與廳長再盤桓了兩日，揮淚而別，隨了達夫一同到了武漢。他不念「舊惡」，拾起「舊歡」，到武漢政治部工作去了。這年四月他到徐州去勞軍，並觀察黃河，經過的地方有山東、江蘇、河南三省，冒着砲火，共有一月之久。在這期間內，王映霞住在武漢，卻天天有電報到麗水去促教育廳長快快到華中三鎮去「歸懷」，為大丈夫的詩人，當然再又一次睡在鼓裏，重入了夢鄉。他有一首紀徐州勞軍的七律，詩云：

千里勞軍此一行，計程戒驛慎宵征；
春風漸綠中原土，大纛初明細柳營。
磧裏碉壕連作寨，江東子弟妙知兵；
驅車直指彭城道，佇看雄師復兩京。

後來他在查出廳長給王映霞的三封情書之後，發覺「失節」是在飯後，敘述「定情」經過極詳，而且還有廳長的三十七萬多元的港幣（約合今日五六百萬！）的一個外匯存摺，通通交給了「郁太太」，可是「那婦人」後來卻上了當，廳長藉口要換美金，又將這三十七萬拿回去了。王映霞平日最佩服居官的人，卻又偏偏嫁了一個文學教授兼作家，雖然郁達夫也決計做官了，而且深得陳公洽（儀）的青睞，但到底不如已經做到浙江教育廳長的許大老爺，王元君的靈籤，也算很坦白的了。最怪的是王映霞幾去幾返，乃至後來還跟到了南洋，又再從星洲棄了兒子和達夫回國，從此成了永訣。美人頗多「妓性」，映霞豈亦未能免俗者歟？可是達夫卻偏又兒女情懷不能自已，弄得他顛顛倒倒，發而為詩歌，便是有名的《毀家詩紀》了。初刊於《逸經》雜誌，後來由他的友人鄭子瑜君，收入在《達夫詩詞集》中，市上還偶爾可以買得到。

有一次王已出走，重歸武昌，武昌被炸，達夫乃攜她與她的娘並小孩子，去到洞庭漢壽縣澤國易君左先生家去避難，易贈他一詩，稱他夫婦是「富春江上神仙侶」，他覺得慚愧，有一首絕妙的詩為紀：

敢將眷屬比神仙，大難來時倍可憐；
楚澤儘多蘭與芷，湖鄉初度日如年。
綠草迭奏通明殿，朱字勻抄烈女篇；
亦欲賃舂資德曜，扊扅初譜上鯤弦。

李長之成名太早

學文學的人或自稱「作家」的人，如果凡事皆講利用，則此等人實在屬於「三十歲死，六十歲埋」之一類，不過行屍走肉，如魏武之袁紹：「冢中枯骨，何足道哉」。本港「作家」，有從聖母利用開始，一直利用到毛主席的海外組織之附庸組織者，吾但靜觀其變，靜觀其末路，蓋自信巧詐勝於聖母上帝者，天必厭之，造物必弄之也。

文學本為人情的產物，純商人或純貝利亞之徒，必不能治文學。文學家無一不有濃厚之人情味，而最有人情味之友人中，竊以為李長之大哥，當居第一級。

李長之（原名「長植」？），山東人，矮小而瘦，然精悍之至。余與其弟長楫在匯文中學同學，長之在清華，逢週末入城，便來其弟房中借住一宵，匯文亦是二人一房，可以週末留客人。因其弟之關係，遂以大哥呼之，彼亦以大哥自居，且真箇負責做大哥，其負責，下文再說。彼畢業於北大之預科，卻考入清華哲學，而所喜又在文學。最先捧長之者，為鄭西諦（振鐸）先生，鄭當時任燕大中文系主任，又為商務印書館女婿，以編各色各類文學雜誌名於時。時天津大公報文學副刊，由吳雨僧編，長之已經在文學批評方面大露頭角。到他讀三年級時代，鄭西諦出文學季刊，便已拉他作編輯人。他之習德文，和對德國學術有深刻的認識，卻有賴於老德文家楊丙辰先生（河南人，曾任河南大學校長，在姚從吾以前）。文學季刊內，有關德國文藝思潮之作，由楊丙辰執筆，即由長之拉攏者。他屬哲學系，既治文學，且當時以學生地位而大作文章，不免要得罪清華中文系的名流，如朱自清出的清華研究院新生試題，關於朱彝尊的就被他大大地譏諷過。朱自清任清華中文系主任，其虛弱自不待言，所謂既不重詞章，又不重考據者也。長之當時年輕氣盛，是屬於革命而不左傾一派的。畢業後，正巧遇到清華數學系主任熊慶來（雲南彌勒人）發表了雲大校長，長之與吳晗，和在上海以編《現代》等文學雜誌著名的施蟄存，都被聘了去。當我初到昆明之時，第一件事便到翠湖東路近雲南大學的一所極大極清雅的四合有樓住宅中去尋他。他從那時起，便一直做着真正的大哥。我的錢存在他那裏，錢不夠了，便問他要。

為了《宇宙風》上刊登了一篇他寫的「雲南與牛」，當地「黨部」人士排擠他，可是在「出了事情」之後，雲大的男女學生都依依不捨去看他，他當時教西洋哲學史和哲學專課，在接見那些有情的青年時，仍是大聊其康德或斯賓洛莎。其中一個女生哭起來，捨不得他離去，八年以後，我和他重聚北平，才知那個女孩子暗戀着他，而且給他寫過幾十封情書。據我的記憶，那個女生，比後來他娶的戴近視眼鏡的四川太太好看，並且健康些。至少不會睡到半夜，拿菜刀砍他，和他打架拚命。

由熊慶來用汽車保護他，送上了飛機，他到重慶中央大學教書去了。我奔父喪飛過重慶，住了二十一天，因為中大在沙坪壩，路很遠而又不熟，便只寫了一信報喪，卻沒有去看他。在光復之時，梁實秋拉了他兄弟進編譯館，可是當我到南京時，他已經應師大之聘去了北平，住在廣濟寺的客院去了。他從北平打了個電報給我，只有三個字，乃是「快北來」。以後我們天天聚首，逛舊書肆，吃東來順，聽戲。到他那脾氣古怪的四川太太帶了女兒到北平時，我已經半週住天津了。坤伶王座童芷苓的大哥遐齡，是我的小時同學，一九四七年討老婆，要約一位名教授證婚，我便代請了他。記得那天同席陪這位證婚人的，有童家的師父荀慧生，和已作古的楊寶森。白光正很銷沉，那天也到了，穿的是短皮大衣西裝袴，可是沒有趨奉她。解放後，讀報知長之很公開反對過幼稚左傾病，他本性很合理，很不遷就人，與沒有自己的主張的奴才大不相同，我想他現在應該是很苦悶的。

徐志摩情多於詩

徐志摩是新詩人，他死後還不見有第二個志摩問世，可見新詩人之難產生，新詩之難作了。對於他的新詩，我只在教科書上讀過《泰山日出》，至今的印象是：比他晚輩本家的新詩名句「犬吠我的人影」要高明得多。志摩的詩姑不論，志摩的戀愛和為人，以及他之死，都是夠詩人氣質的。五四以前沒有，解放以後也沒有。

他是英國劍橋的學生，常對人說：「到劍橋後，日與吸煙斗之老儒談天，漸漸也就覺得書讀通了。」他在五四老一輩的儒生中，如胡適之、陳衡哲、錢玄同等人，他顯得很年輕，其實他不過外表年輕，這是衡哲先生在多少年前告訴我的。他在北大教雪萊和濟慈的詩，泰戈爾到那時的北大講演，隨在泰戈爾左右，陪那老人遊燕都和南遊杭州的，就是他。可是站在大講台上為泰戈爾作翻譯的，卻是他後來的愛人（不是中共用法）林徽音。那時林小姐還拖了兩條小辮子在腦後，一摔一搭地，正是二八年華活潑潑的時候。

他喜歡孩子，也喜歡貓，我想這或許是受英國教育之賜吧。我在他死前即從北平去上海以前，在察院胡同的任宅（任叔永先生家裏，任的夫人是陳衡哲女士）有過一面之緣，那時我和任以都等都是極小的孩子，我對於新詩，一點都不知道，所以我們也只當他是一個可以為伍的客人罷了。任家兩女一男，以都最大，她那時也才初小畢業，叫他做「安克奴」，一如今日許英等之叫我。但印象卻在以後的日子裏，因為不久就傳來噩耗，說詩人徐志摩乘飛機碰泰山死了。就是他用許多顏色歌詠的《泰山日出》的泰山。

他的元配太太是他的同鄉（浙江硤石，屬嘉興）張幼儀，就是鼎鼎大名的張嘉璈張君勱的妹妹，兩家由世交而聯朱陳之好，以後他見到王賡的夫人陸小曼，一下着了迷，死後由陸小曼編刊的《愛眉小札》上的那些日記和情書，就是追陸小曼的時候的遺跡。在曹錕做總統的時代，一個北大的青年教授追求一個有地位的軍官的太太，這事情之駭人聽聞，是不必說的了。王賡是我國第一個畢業西點軍校的學生，輩份是與胡適之、任叔永他們相等，是一九一一以後的留美學生。說來也真巧，在民國二十九年的某一天昆明的白日警報，我和任家一家人由青雲街走上斜坡，到北門街唐繼堯的大公館防空洞去躲警報，在精美的地洞之中，有個彎了背的中等身裁的先生向衡哲先生寒暄，一直談到洞外，出了唐的花園，方才分別。後來衡哲先生向我道：「你知道剛才那人是誰？」我當然不知道，她笑道：「就是陸小曼的前夫王賡，是我在美國同時的同學。」

在淞滬抗戰之時，謠言軍事地圖被敵人從王賡那裏搶了去；後來中國去歐洲的軍事代表團，王又是團員之一，就在那次歸途，他死在埃及開羅的醫院裏了。談志摩，因為他是陸小曼的前夫，所以不得不提一提。

徐志摩在鬧桃色案不得下台時，由燕都取道蘇聯，到德國去暫避風頭，在柏林車站等候他的，是他那個為他生了一個中德合種的小徐志摩的女友，一把鼻涕一把眼淚拉住了他，原來小志摩正在不久以前夭殤了。不到一年他取道海洋回到了北平，王陸和徐張兩方都離好了婚，志摩正式跟他的眉在北海公園漪瀾堂有情人終成眷屬了。證婚的是梁任公先生，任公當時似已交卸了財政部長，正在清華做他的國學研究所四大台柱之一。五四時代的名流當日都到齊了，是哄動南北的一次大婚禮。小曼年輕時的臉型，極似曾在香港賣歌的華怡保，不過小曼器宇更雍容些，風度更世家些罷了。昔之女紅星袁美雲（王引的太太），就是小曼的乾女兒，兩年前還畫了一幀山水，寄來給她的乾女兒。畫得很不錯，題跋也很好，小曼呢，六十好幾歲，鶴髮雞皮老病身了。

詩人最多「未亡人」

話說徐志摩最早之日記，自題曰「西湖記」，收入其遺作中，係其從美國東返後之一年，即一九一八年九月七日至十月廿八日，一個月零二十天的遊西湖日記。包含的內容可以用青春、美麗、希望、熱情等字眼盡之。在那個時期他的好朋友是任叔永（鴻雋）夫婦、胡適之、朱經農、唐擘黃、王雲五、高夢旦、馬君武、俞振飛（即崑曲第一小生之盛年時）和汪精衛，以及他的訂婚舅子張君勱弟兄，和瞿菊農（後來辨衡山平教的），左派大名流陳獨秀和瞿秋白、郭沫若等人。

這時候正是蔡元培第一次離北大赴歐的一年，胡適之和朱經農他們的教書大本營，是在上海中國公學。胡住在滄洲別墅，如果我們查一查初版的胡著中國哲學史大綱的序言，就可以發現胡是在滄洲飯店寫成的。關於他與胡適之偕往民厚里一二一號訪郭沫若，馬君武和胡適之等對汪精衛的批評，容以後再在有關篇中引證，都是現存極珍貴的儒林清話好材料，現在我們還得談談志摩的「情」。

他回國時，張幼儀還在歐洲留學未歸，大概在一九一九大遊西湖之次年，幼儀才回國與他結婚。我們都知道張家後來是中國江浙財團的代表集團之一，不過那時還在民初，中國銀行還在梅蘭芳最早的「老斗」馮耿光手裏，到了後來志摩的大舅子張嘉璈（公權）出來整理中國銀行，才為中國財政史放一異彩，直到今日中共仍受其惠。詩人除了愛美人，而且天生愛孩子，歐諺說「不愛孩子的人是最殘酷的人」，大概不愛女人的男人，我們可以說他是一個有病的男人。志摩除了後來離了婚的原配夫人幼儀而外，他最愛的女人有兩個，一個是追到了手，追到天翻地覆的王賡夫人陸小曼。還有一個是在英國同一塊兒坐火車，經過長長的山洞之時，兩人擁而長吻的林小姐微音，後來的梁任公長媳，中國大建築學家梁思成的夫人。大概那時英國火車過山洞時不亮電燈，所以給乘客們很大的詩興。

志摩死得夠詩意，是天下公認的，他乘飛機撞中了他最愛不過的泰山日觀峰粉碎了，南北親友之悲傷，小曼的心之受震動，都不必細表。北平的親友為他在北海開追悼會，那地方正是梁任公為他和陸小曼證婚的地方。御苑依然，而人事全非。那天到的悼客除文化學術名流外，最難得的是不訃而來的大中學生，青年男女們之愛志摩，愛這位真能代表中國新文學初期的羅曼蒂克詩人，在今日這碧綠的塔里木盆地的香港，是無從想像的了。在行禮之時，有一個全身穿孝，左右須用兩名健婦才摻得住的希臘彫刻型的美婦人，哭得成了個淚人兒，直往地下倒去，亂碰亂撞，恨不得立刻死了就好的，看官，你們猜她是小曼嗎？錯啦！她就是梁大少奶奶，林微音女士。

當時有位女觀察家某夫人，冷眼旁觀，後來一提起時就說：「那簡直是未亡人自居！」今日思之，這樣的儒林風範，就算在今之人民的北海公園，也不會再看見的了。以林梁徐張等的大世家，在那個女人穿長裙不露粉臂梳劉海的「九一八」時代，梁大少奶奶之真情如此畢露，誠足以慰志摩在東岳泰山之靈矣。學句賈寶玉的話：「我不過捱了幾下打，她們一個個就有這些憐惜悲感之態露出……。假若我一時竟遭殃横死，她們還不知是何等悲感呢。既是他們這樣，我便一時死了，得她們如此，一生事業縱然盡付東流，亦無足歎惜……」想不到賈寶玉一生求之不可得者，徐志摩於無意中坐飛機得之。他死了之後，未亡人不止一個，而且又都是眾望所歸的文化名女人，則當年胡適之送志摩的詩云：「多上運動場，少擦雪花膏」，亦未必就對。蓋當時女人尚不喜上運動場的健將，是比較歡喜擦雪花膏的男人的。

關於梁林氏，她本人就是女儒生，還得為她話一篇才是，且待以後再說吧。

是真儒生最有情

——談丁文淵博士

當丁文淵博士還未歸天；在香港我們還可以常常見到一位夏季着白羅便臣蘇西裝，壯壯實實，中等身材，髮如銀絲，方面修儀，上背微駝的老人時，我們覺得很容易與他相見，很容易訪到他，而且很容易與他交朋友，不論我們是青年人，是少年人，抑或是中年人老年人。但當他謝世以後，大約不到兩個月，我就馬上感覺到在我的日常生活中，少了一個人，或者說少了一種我們生活的意義，到底少了什麼，我一直說不出來，只是有一種不可補救的寂寞之感。

這點點懷念之情，我曾經在彌敦道大樹下面，跟丁先生的一位晚輩好友說起過，他說和我有同感，囑我為他的雜誌寫篇紀念丁先生的文字，我答應了，卻沒有寫交給他。我想不是疏忽與偷懶，而是我對丁先生逝世以後給我的那種「生活中少了什麼似的」的感覺，在心中作梗，一種誠敬之心，令到我不敢輕易動筆寫懷念這位「好好老人」的文字。現在我在不得已的情況下動筆寫了，因為他實在是我國近六十年儒林一傑，是一個大思想家。

他是地質學家丁文江先生的小老弟，整個教育是由丁文江先生負責的，他在德國的博士學位是醫學，但他後來卻歡喜了人文科學如德國語文，便專門從事人文科學的研究。在德國學術界文化界，他的名頭比在中國更大。那有名的法蘭克福大學的中國學院是他創辦的，該城博物館的中國文化館是他主辦兼設計的。當希特拉全盛時代，他一度在中國駐德大使館任參贊，當然是為了利用他在德國政界、文化界的交遊，和他的「德國通」的學問和語文。戰後他在復原上海時做了同濟大學校長，一因他是個無派系之學者，二因時不我與，縱然有一番極好的整頓同濟的計劃，也無從見諸實行。就這樣，天下又變了紅色了。他帶了他的德國夫人南來香港，他夫人跌傷了腿骨，誤於本港庸醫，必須到柏林或紐約才有最新的儀器可以治療，而他的經濟環境則連去日本就醫的能力也沒有，於是眼望着這位同偕到老的灰白頭髮的夫人癱瘓了，終年靠在床上，吃飯行動皆須人揹負。他做過國立大學校長，到頭來卻連夫人醫病的錢也沒有，這樣的大學校長不是沒有，不過未能得世人知耳，拖了許多年，在一九五七年他的夫人終於在港逝世了。我在事後見到他，假作無事對我解釋道：

「我又沒力量送她去柏林，或送她去美國。其實不過在下石階之時跌傷了腿骨，很平常的事情，不幸被拖延了，這是環境害了她，如果在從前的上海北平，原算不了一回事的。她又是一個異國人，在這種情況下她去了，我也安心了。」他雖然說來好似無事，其實從他那苦笑的表情裏，我看到了他的難以補救的痛苦。我在當時就暗中忖度：「這個老人是極深於情的人，少年夫妻老來伴，老年喪妻，且又內心深以為愧，此老只怕有些不妙。」我這樣想，但我不便對人說，只好用話扯開去。

他夫人逝世後，他搬到了金巴利道香檳大廈的第十樓，那時港九大廈還極少，而且也還沒有偷工減料到「度身買樓」這樣下流的地步，分租了兩間給人，他自己用了一間小臥房，和一間小書房。這時他在主持本港自由文化事業，說句不怕得罪本港「自由時賢」的話，本港主持自由文化乃至教育的諸名流中，有人格能及丁先生的，學問又不及丁先生；有學問能及丁先生的，人格又不免有慚德，還有那既無人格又無學問而聲望又不及丁先生的，他們可能因為有賢內助之助，發了點自由財了，可是要求一位能在人格學問聲望三方面都趕得上丁先生的，我個人實在想不出有誰，也許因為我孤陋寡聞吧。筆者時住香檳大廈對面，所以更容易與他來往，有時候老頭兒一個人午前跑到我那後窗對正森林的斗室來，靠在一把破藤椅上聊天，然後我們去飲廣東午茶。我除了答應過兩次幫他閱看過兩部小說稿以外，和他沒有任何「文化上的交易」，他有一次來約我一同隨文化團體訪台，一連來過兩三次，我因為稿匠工作不可一日離，始終未能答應，這是我至今覺得對他不住的。

丁文淵先生字月波，香港的朋友皆以丁月波先生稱之，而同濟留港的學生，又都以丁校長稱之，德國人叫他「達赫特丁」，他居住德國前前後後，不下二十年，正好與胡博士前前後後居留美國三十年孃美，對於德國文化，尤其是近七十年德國學術對人類的貢獻，其淵源脈胳，他是如數家珍的。他是我遇到的最有談天的藝術的前輩之一，對於中國自革命以來的宦海掌故和儒林掌故，知道得極多，所以談起天來，有內容有實境。

當納粹當政之後，世運在柏林開會，那次我國的總領隊是考試院長戴季陶，中央所以派到這位小元老院長，原想利用柏林世運，和德國政府交際交際。那時德國正在一張張撕毀條約，德日還沒有真箇相戀，而中國政府還正用着德國軍事顧問團，關於軍事部署與訓練技巧，都是取法德國的，戴是蔣委員長的親信，派他去聯絡聯絡，在外交上是有益無損的，而且次於希特拉的戈林，又一向對中華民國肯幫忙，乘世運開會之機會，也少啟人疑心，所以戴那次的領隊，決不是去玩玩的，而是有所為而去的。當時駐德大使是程天放，既非職業外交家，又非聲譽很隆的國際名士，不過一個黨老爺而已，戴和丁月波很談得來，向德國政府接頭，程天放是無為而治一切外行。在德國元首接見各國代表團長的名單，不是全體一一接見的，而是選擇的，不知道是因為中國的運動員太無人呢，還是別有緣故，戴傳賢未被邀請。為了此事，丁文淵受託去訪戈林，暗中表示希望中國團長能單獨謁見一次元首，戈林是納粹的二號頭子，德國空軍總司令，聽了丁的話，便立刻拿起電話向總理府的相當於德皇威廉第二時代的「御前侍衛長」，要他安排一個接見日程。可是那邊的答覆卻不能肯定，因為元首見客日程全排定了，很難尋得出單獨接見的時間，不過因為是戈林將軍說的，所以答應隨時用電話通知。大概不到兩天，忽然在半夜時間，中國駐德大使館有了電話，是總理府打來的，居然定了次晨一早九時接見。聽電話的人慌了，不敢答覆，去到丁公館請教，丁文淵卻在酒店陪戴院長夜談，因為戴有一種通宵不睡，日出始就寢的習慣。丁聽到這般時候要約次早，在禮貌上實在豈有此理，便去電話商之於戈林將軍，經過兩小時的交際，因為只有次早九時可以勻出一小時，戴是個學佛的人，便委婉答應了。當夜派人報知程大使，次早在大使館集合。陪同去的，只有程天放和丁月波二人。

總理府派了迎賓專車來，於是一行在絕早的八點多鐘便直駛希特拉的總理府。車到門前之時，府中的「掌府大臣」和「御前大總長」帶了幾位官員，在門前迎候。這位地位崇高的御前大總長在陪同大家上大樓梯之時，悄悄地問丁文淵博士道：「後頭那人是誰？」那人者，駐德大使程天放也。丁大為驚愕，出乎意料之外又之外，忙細聲道：「就是我們的程大使，你怎麼不認得？」那位總理府的頭號人物也慌了，趕忙道歉。後來才知道，此公真不認得程大使，這也就難怪人家對堂堂中華民國的大使，當面違教了。

希特拉接見之後，由丁文淵任翻譯，這位後來弄到地球都動的魔王，卻很正常，向戴團長很客氣，說正在世運期間，柏林只怕招待不周，在平時這裏卻是很方便的。兩方既是友誼拜訪，當然不能談別的問題，可是自始至終，我們的大使除了前後握了兩次手以外，一個字也沒說出口，這也令人很感到稀奇古怪的。可是當戴氏遷到郊外一個名勝地方去休息避囂時，這位大使卻也開了房間天天奉陪，弄得戴季陶沒辦法，只好再遷回市區。名勝區的酒店，卻由世運團埋單。程大使是精通中國官場趨奉二字的，以為應該天天陪戴院長，殊不知戴卻甚以為苦，卻又拿他一點辦法也沒有。

希特拉當時是否也認得這位就是遞中國國書的大使，頗成問題，因為陪戴傳賢到總理府是我們大使第二次，和德國元首坐得很近，希特拉是個大忙人，因忙也弄不清楚穿常禮服而未穿大使服的大使吧？

從前我國地質界的工作人員，常常提起丁文江先生對屬下的關心，單身男子沒有結婚，他便想盡辦法要給人家介紹女友，而且促成其事，幫忙費用，無所不用其極，任何人有家務事尋他商量，他總是攬在身上，任勞任怨，費力費錢。在地質界兩位老輩，丁文江以熱心待人著名，翁文灝則以比較刻薄著名，丁文淵先生之待人接物，頗有乃兄之遺風，喜歡將人家的事攬在身上，比做自己的事更熱心。這樣的古道熱腸的老輩，現在越來越少，幾乎絕種了。

丁自己的身體原是有毛病的，遠在二十年前，他便因腸病在柏林施手術，大便改道由腰腹上放出來。用一種好似儀器的東西，紮在腰上，每天開放兩次，沖洗以後再裝置好。德國的醫學，是世界公認昌明的（除了本港不許註冊掛牌，那又當別論），丁先生這種的腰腹上帶一具儀器，十多二十年來過得很舒服。不方便的地方，是食物要小心，壞肚子的不能吃。所以飲宴之時，必須小心在意，他在家裏習慣吃德國飯，除了菜以外，飯常用德國煲法的薯仔泥，這例並非將就夫人的習慣，而是多年他過慣了的德國生活。他有一次告訴筆者，他往法蘭克福辦中國博物館之時，對於中國結婚洞房的擺設，他用了不少心思。初時有人主張用北平式，但北平式的洞房，與長江流域各省的完全不同，因為北平受遼、金、蒙、漢四種外族文化影響太深太久，傳統的漢人新娘子的洞房，決不是北平那種樣子的，所以最好是另想辦法。丁先生再四躊躇，決定用東南文化最高的蘇州城作標準。於是整套一間上等階級的新婚洞房，便在德國陳列出來，其床帳被褥，衣櫥箱籠，金漆馬桶，紅漆腳盆，門簾窗簾，繡花活計，梳妝枱子，各式木器，都辦了全套。丁先生為此自己回國到蘇州去請教當地的世家，費了許多研究，便以三國的吳國標準，設計了一間洞房。他慨然道：「中國文化多次受外族文化的混合，遠不及日本的漢冕秦衣之為隋唐正宗。比較起來，蘇州是比較純粹保留着中國舊風俗，而生活程度又極高的，所以決定採用蘇州。」筆者嘗為此與這位文化學家討論我國的衣冠禮俗，我們這個國家每次在換朝代的時候，一定換衣冠和風俗。例如清朝，不但衣冠換了，而且男入薙髮拖辮子，這便是強迫改換風俗。似這樣從五胡以後，雖經過了唐宋黃金時代，可是北宋與遼對立，南宋與金對立，分據中原，到了蒙古和滿清全國又復兩次被外族統治，弄到最後，我們實在說不出中國到底是用的什麼衣冠。辛亥革命以後，辮子沒了，初時推平頭，後來用西式頭，長袍馬褂是清代衣冠之餘緒，而被國民政府定為禮服。除了衣冠，便是風俗習慣，婚喪喜事，無所適從，弄到今天我們已經答覆不出來，什麼是中國衣冠和禮俗了。

在筆者的記憶裏，來港訂交諸友，只有丁文淵先生和任不名先生兩位，一開始就是真正的文字之交，這兩位先生都是看重人家文章而不計功利的人，我的文雖不成章，當初和他們相識，卻完全是承他們的青睞。記得丁先生有過幾個月主持一份小刊物《自由人》，他知道他的學生彭君認識我，便託彭君介紹。第一次我們是在九龍尖沙咀吃午飯，丁先生以那樣的前輩學養地位，卻對我們區區十分客氣，十分獎掖。可是筆者卻沒有為他寫稿，因為當時筆者不主張那種太小型的一張紙刊物，香港讀者頗不習慣。無論報紙和刊物，假如沒有較多的人讀，那豈不失了效用。不久他去主持自由文化協會，他的計劃被本港好幾位「自由領袖」一掣肘，他每逢開會之後，便尋了我告訴我經過，而且感慨萬端。筆者笑着告訴他道：「你老人家該相信天上有善神和惡神輪流當道，現在可能是惡神話事之時，所以正人君子很難伸展懷抱。歷史有一部份是人造的假東西，記載下來的好聽的仁政，說不定就是暴政，你老須看穿一點，這些人當中，有許多是吃自由飯的，怪不得他們，他們要吃飯呀。」

曾昭掄貌不驚人

曾昭掄之名業已被紅朝文化領導上取消矣，丁玲都不得不以女斯文掃地，則昭掄之被清算，真算不了一回事。最可惜而又可歎的應該是連他自己也沒想到終會不容於前進之紅朝。以他那樣的聞名於世界的化學家、文章家、評論家、思想家甚至於我尊他作最佳的散文遊記作家，而又在最早之時就真個打心眼子裏同情左派，決心走社會主義（不是中國今日的新式共產主義）的路線，熱心希望把中國變成一個工農業都強盛的國家，卻會因失望而對紅朝不滿，終於清算了他，我想他是一定極度悲傷的。

在中國自然科學界，不乏文才絕佳之士，如顧毓琇之於戲劇，如靜生生物調查所長，吾國植物學界之領袖胡先驌之於古文與宋詩，如動物學家秉志（農山）先生之以舉人出身而成為動物學界之權威，頗善為時文評論，如丁文江以地質學元老而為論壇之祭酒，都是呱呱叫的，但我想曾昭掄應該是自然科學界最負文名的大家，而且他的天才簡直驚人，敢用「不世出」三個字形容他。

他最早也是清華留美生，原任東南大學及後改中央大學的化學系主任，後來在羅家倫出任中央大學校長之後，因為一次偶然的誤會，他拂袖而去不幹了，便北去北平，擔任北大化學系主任，以全力服務於北大，在七七事變以前，北大的化學系能辦到不在東京帝大之下，首功之臣，應該歸他。關於他離中央大學，筆者耳聞之內幕新聞，是十分有趣的，姑妄誌之，以博一笑。

曾是一個天字第一號不修邊幅的人，本來大學教授在國內時甚好着藍布大褂，但他卻除了着破舊不堪的藍長衫外，還兩隻足跟襪子穿了洞，將足後跟的肉露了出來。皮鞋前頭似鴨嘴巴，有時則着湖南土布製的軟底鞋，長長的頭髮，一個多月也不理洗一次，真正是「首如飛蓬」，「面似黃蠟」。加之他最好神神經經一個人在行路之時，自己對自己發笑，更使人莫名其妙。羅家倫初任中大校長，卻不識他。有一天，招集各院系主任開會，羅到得太早，會議室裏只有一個曾昭掄先到了，在裏面走來走去。羅進去時見了他，便向他問道：「茶水都準備好了沒有？怎麼他們還不來，你快去叫人催催看。」毫無疑問羅家倫誤會他是本校的工友了，羅決不是一個輕薄的人，實在是一個誠篤的學者，平心而論，向來沒有官架子，見了這位囚首垢面穿怪舊長衫神神經經萎萎瑣瑣的曾昭掄，不由得他不弄錯，可是曾卻不得不怪他，當時唯唯而退，也不說明。後來開會時獨有化學系主任未到，大家都說昭掄向來是守時的，更不會不到。羅還不知先時弄錯的人就是他，事後有人趕去告訴了羅，羅大慚失色，急忙挽了人出來同去向他道歉，可是曾已束裝就道，上了浦口的火車北去了。從此他便在北大做系主任，一直到打仗遷長沙和昆明為止。

七七事變之先一年，他率領北大化學系學生到日本去參觀，走到東京帝大的化學館時，在某一間實驗室外經過，那陪他的日本主任教授，非常之客氣，生怕他要求進內細看，便客客氣氣只推了一推門，並且表示那間實驗室是日本政府指定謝絕參觀的。曾無可如何，卻深知其內容。當他在獨立評論發表他的遊日日記時，便對東京帝大諷笑，將帝大的化學實驗設備之既不及吾國清華，又不及北大，以及那間不許人參觀的實驗室的內容，寫了出來。而且還說我們中國又不是不知道，實在沒有什麼秘密可言，日本有意裝神裝鬼，像煞有介事罷了。

他是湘鄉曾文正的另一房子孫，既非文正本房，亦非打開南京封伯爵之曾國荃的第九房，而是文正家書裏的那位居鄉的「澄候弟」的曾孫。曾文正給他澄候弟的家書上有過兩句名言，為人人知道的，即「洪水來了有禹王管，天塌了有女媧管，兄在朝廷報國，吾弟只在家盡孝」。曾招掄就是這位在家盡孝始終未出外做官的澄候之嗣。他得的是麻省理工博士，既寫得一手好英文，又寫得一手好中文，還能寫言情小說，都能卓爾不群，曲盡其妙。

衝冠一怒是儒生

——聞一多之死

學術界的合作，縱然不容易，到底比有不同的政治偏見容易顧全大體，所以北大三校初遷昆明，一直到勝利到來，其間八年，同一種課程如果分組教學，則教科書也未能統一，但卻能互相尊重禮讓，這或許因為都是「讀書人」吧？聞家駟先生和吳達元先生的法文教科書不一樣，另兩個德國人李華德和雷夏用的是一種有英文講解的美國教本大學德文，而原在北大教德文的馮至，卻仍舊用柏林大學為外國學生補習用的直接法課本，幸而一年級新生的國文和英文各有專人負責，頗能聯合而統一，可是葉公超和陳福田鬧意見，以致弄到葉熱心仕途，則是為了一年級的英文教學方針。中國問題之難攪，就在共同的敵人未火燒眼眉以前，總是要互相傾軋，互相排擠的。

聞家駟先生的法語，如果閉了眼睛聽，沒了由視覺器官得到的人像，是不會相信他是中國人的，這和趙元任先生替英國正字學會灌的英語留聲機片是一樣的令人讚嘆。直接法是不用英文當手杖的，只在講解之時用國語幫忙，對於大學第二外國語旨在培養絕對的讀書能力，是一樣可以達到目的而不算行錯路的。聞先生在巴黎住過十多年，他的譯作只怕李青崖還須給他裝煙倒茶，他和吳達元不同之處，是對於譯作審慎，不以多發表為能，以佳譯佳作為能。拳不離手，曲不離口，筆者從他習了兩年，百分之八十早已忘光，直到前年重又為了想謀財，再補習一番，可是年齡大了，理解易而記性壞，就此算是完了。聞一多先生也是屬於京派走正途做學問的人，在抗戰末期犧牲於昆明的黨派鬥爭，凡知之者，都莫不稱奇道異，因為聞一多絕不是一個好出風頭的人，更不是一個喜歡政治的人。可是政治和黨派既然進入了大學，左派有計劃地在利用人（可以稱之為統戰派的早期活動），聞一多病在是個書生，自古以來，攬政治吃黨飯的大都是先犧牲別人，先叫別人做烈士，天真的儒生，知道什麼生死利害，後面在打氣鼓動，聞一多便不得不吃鎗彈了。那次的流血，聞一多奉陪了李公樸，而向來痛恨大學中攬黨團（不論左右）的潘光旦先生，若不是昆明美國領事館搶救得快，這位世界第一流的社會學家，也可能和聞一多走上了同一條血路。那次的事件，左派的鼓動和囂張，如果客觀的人說要國民黨忍耐，未免不情，可惜的是國民黨做事不及共產黨徹底和狠毒，大陸之失，中共之辣，前事不忘，後事之師，今日講起古來，站在中央政府這邊，也應該替白白丟了性命的聞一多先生可惜吧？

當昆明大流血之時，筆者正在服役，被調飛陪都渡假，未能躬逢其盛，打完仗的次年秋天到清華園去看望潘光旦先生，詳細的情形才弄清楚。筆者自南至北，目擊南京和上海的瘋狂，告訴潘先生道：「簡直讓人喘不過氣來。」潘先生咬着煙斗笑道：「回北方最好，不過以後的事很難說。」現在羅隆基都被按低了頭屈了膝了，如果聞一多不死於非命，仍在今之人民之都，清算知識份子和反右派之時，他必不會免於「暴辱」，所以早死了，倒免了斯文掃地，儒冠溺尿。

走到書肆，翻了翻聞一多全集，想全買又覺不必。他治學仍以楚辭與詩經為最成功，這裏是為了諸君下茶之用，且不必賣關子，效法「唔通響處呃人咩」，拿專門學術玩意來提高這篇小文字的身份。我只談他在劇團做導演之時，預演必有兩個通宵，每一個化了裝的角色，都須走到燈光之下請他看看，同時做出幾個「身段」來，他戴了眼鏡，近看看，又再遠相相，嘴裏嘀咕着：「鼻子兩邊還得深一點，你原來是個塌鼻子。」或者說：「全不成，得重新來過。」沒有人怕麻煩，也沒有人說他不公道，都笑嘻嘻地答應了再去修正，女同學樊筠，扮曹禺日出第三幕的下等窰姐兒，貼上太陽膏藥，鼻樑上端扭一條紅痧，綠手巾紅褲子，堪稱一絕。第一次預演在省黨部，聞先生在後台見了連說「夠勁兒夠勁兒」。在香港這些年，我只見過一位國語片導演在拍戲時戰戰兢兢向名女星用打商量的口吻說「好像原文是這樣說的吧？嚇嚇！」實在太過份客氣了，「禮多人不怪」，有時候「禮多藝術壞」。諸君子以為然乎？

顧一樵博學多情

王靜安（國維）先生在吾國史學和經學上的功績，非「清話」所得而述之，惟靜安先生與辜鴻銘，都是大清帝國最後的文化忠貞之士，其所代表的精神是屬於最後帝國的，所以辜鴻銘和王靜安兩老，都一直拖着辮子，穿棗紅緞長袍，繫一根寬寬的一把抓的腰帶，他們雖然都是漢人，卻都對過去的大帝國的光輝發懷古之幽情。而最令人奇異的，是兩老雖然衣冠崇古，形如冬烘，卻都能作非常穠艷多情的詩詞。但他二位到底是大文章家，不比習電機工程，負國際聲譽的顧一樵（毓琇）先生，他以「毓琇」與世界工程界相見，以一樵與吾國的戲劇、小說、詩歌、文學界的人相見。

顧先生最近還返台北領取政府的最高工程學獎狀，因為他近年在美國出版的電工學著作之傑出而頒發的。天才從多方面發展，科學界我只敬服兩位前輩，一是顧毓琇，二是業已為中共唾棄的曾昭掄。

吾國之近代工程學，在南方，首推上海南洋交大；在北方，首推天津的北洋大學和交大的唐山工程學院。都是肇端於李鴻章秉政之末期，現在回溯過來，老到不能再老了。南洋交大辦電機系最早，北洋則專重礦冶，唐山則專重土木。清華是在民國十七年夏天，國民革命軍統一國內，於八月十七日經國民政府決議，改「清華學校」（留美預備性質）為國立清華大學的，最初只有文理法三學院，校長是羅家倫。到十九年（一九三零）羅辭職，二十年經過了兩個月的吳南軒短任，在「九一八」前之七月，由翁文灝代理校務，為了應急切需要，先行建築化學館、機械館、及水力實驗室三部份，是年十一月即由梅貽琦先生出任校長，次年添設機械工程系和電機工程系，合原有之土木系，成立了工學院。機械系由吾國第一位習航空工程之莊前鼎做主任，電工系則由顧毓琇做主任，而且他還是工學院長。

工程科學愈新愈好，清華之所以能後來居上，毫無疑問得益於美國庚子賠款之清華基金。到戰時一九四一年退清，共有四千萬美金。從二十年到廿六年抗戰，六年之中，先後建成了機械館、土木館、電工館等大建築，例如顧所負責的電工系，可容四十名學生同時做電機實習，機械館亦可同時由四十名學生做金工實驗，這在全東亞連日本在內，也是望塵莫及的。全部設備當然購自美國，該院有功於吾國之抗戰與建設，顧之任院長，厥功最偉，但在另方面，顧一樵卻在商務書館出了不少的新戲劇創作和譯作，而且在吾國話劇壇上很紅過一時，許多人至今不知道顧一樵就是清華大學工學院長兼電工系主任的顧毓琇，或者因為這兩門學問太風馬牛不相及了吧。

在抗戰期中，他去政府作教育次長去了，光復後先做上海特別市社會局長，繼任中央政治大學校長，赫赫威靈，若非赤燄高燒，相率東渡，他之官運決不會追不上葉公超，或許還會有過之無不及。近十多年他一直在美國，既榮任了奇異電器公司的終身職工程師，現在又在賓薛維尼亞大學任電工教授。在美國電工界，他是中國籍第一個風頭人物；但在國內文學界或政治界，他卻又是第一個風流人物。

當他任上海社會局長時，上海出現了一位公選的年方二八（乘法）美艷窈窕歌后韓菁清，系出世家，為了吳國楨所長的市政府主辦的游藝會獻歌，這一獻不打緊，卻在酒席筵前迷倒了顧局長。後來吳亦加盟入韓孃（日本字是嫗稱）黨，後加入的還有京滬衛戍司令宣鐵吾將軍，真正文武齊備，韓門戶限，為之磨穿，連共產黨的地下工作人員也注意韓公館起來，派了人扮作乞丐坐在韓家大門馬路邊上，瞪着雙眼望住。說上海大撤退，韓小姐應該負責，這話未免誇大，但以一青年歌后而能網羅世界六大都市之一的上海市長，政大校長（顧不久即長中央政治大學），和首都與上海聯起來的京滬衛戍司令於一件歌衫的之下，在歷史上不算太小的事情，數起來只怕要千四百年前的長安官場，或可媲美。

顧之愛韓，我稱之為純潔的愛，其情書與詩詞，所代表的是「美」，而用字遣詞，不及於亂。顧與吳國楨後來大鬧意見，當係為此。據說他們互相都在這位美艷歌后跟前指責辱罵對方，男人為了女人，真是無所不用其極。身家性命名譽學問官爵都視若敝屣。雖云野史之篇章，實乃儒林之佳話。韓於乙卯在台灣與悼亡的梁實秋結婚，則係斜陽裏的佳話矣。

儒林第一美男子陳之邁

若有人詢余五十年來之儒林美男子為誰，余必毫無保留之餘地答曰：「陳之邁是也！」又有人詢余曰：「清華賠款學生（此乃稱凡得過清華留美基金津貼之留美學生）多矣，君以為男賠款生之中，何人為美男子乎？」余亦決無保留，願模倣每呼吸一口新鮮空氣便在胸前畫一十字之正向天堂靠攏之某仁兄之姿勢，一橫一豎答曰：「陳之邁是清華留美賠款學生中之第一美男子也。」

夫美男子在吾國之定義，隨時代之不同而有所變遷。大略分之，得其類五：一曰「小白臉型」，不高不矮，其膚如玉，其髮烏而青，其齒白如糯，其行動不急不徐，溫文爾雅，雖遇雌性獅子雌性老虎，彼亦軟語溫存，此類小白臉型之美男子，又分二小類：其一曰男性小白臉類，或稱賈寶玉型；其二則為女性小白臉類，則最好稱之為「張君秋型」。二曰「泰倫鮑華型」，健而美，文雅而司馬，富有現代男性美，而無阿飛氣質。三曰「楊小樓型」，高大而有神威，溫恭有禮，面型為一普普通通之男子大丈夫，有如楊小樓在戲台上之黃天霸、趙雲，乃至扮安天會之美猴王。四曰「梅蘭芳型」，梅與張君秋不同之處，即在台下無過多之女性味，而面型輪廓絕佳，女人見之甚喜，男人見之亦不覺其有女氣，而但覺其為一個美男子。五曰「汪精衛型」，汪氏在中國史有必可傳者三，曰追隨中山推翻滿清，冒險革命刺攝政王之輝煌史；曰雙照樓之詩詞；曰丰儀與國內無二（與其演講齊名者為胡博士適之）之演講是也，以上之區分，乃一時茶餘與二三友朋之胡說，姑分之為五類，若陳之邁之所以堪稱美男子者，則因其面型介乎在汪精衛與梅蘭芳之間，彼原為浙江紹興落業番禺之部屬人，與汪為真正之同鄉，其丰儀與汪氏相若，而洋派之風度則又過之，無論西裝，無論長袍，皆能表現男性之特色，此則二十五年前余對之最初印象也。

陳係哥倫比亞哲學博士，專攻西洋史與政治科學，為清華留美預備生之最末一期學生，中學係北平匯文畢業（其時匯文大學已改燕京，留船板胡同台基廠之校址及設備辦中學，為美以美會最早在華之教育事業，迄今將滿百年矣），舊制畢業時甫十五歲，彼同時考取協和醫院預備班與清華，因清華讀畢即送去留美，故捨協和而入清華。其得博士也，大約廿五歲焉。初隨施肇基博士在中國駐美領事館任館員，繼返清華任教，當其任教政治系專任講師時，正二十七歲，翩翩佳少而未婚，頗能引起女生之竊竊私議，蓋公認為「住家男人」中之最理想者。筆者之獲識陳氏，在民國二十四年之冬，是年文化教育基金董事會幹事長任叔永（鴻雋）先生出長四川大學，偕夫人陳衡哲先生及一女一子赴成都，留其長女在平住一英國教會女校，而察院胡同之有花園假山池沼之基金會所有之「官邸」，由其姪任二哥與筆者看守，主要住室之內院，則租借與陳之邁。其時陳與一廣東籍在東北生長之交際花某女士賦同居，任宅所留之廚師傳達皆暫由陳接收，大家即以「陳太太」呼之，彼亦以陳太太自居焉。

清華雖處西郊，然有定班校車，終日來往於城郊之間，陳每週上課不過六小時，雖大風雪，亦必要返家過夜。筆者所居之室，原有門通「陳太太」之「吸煙室」，特封其洋式門，而以極闊之一幅孚威上將軍吳子玉所繪，有章太炎之長跋之墨竹掛於門上。畫奇大無比，封其門有餘，而余之大書案即設於畫下，雖以畫補壁，然吸煙室之談話聲卻歷歷可聞。陳太太終日閉於其五六間相通之臥房書房及吸煙室與餐廳之中，從未見其露面。所謂但聞其聲，未見其人是也。余與任二哥皆未脫大孩子氣，常研究此「陳太太」何以深閨簡出，豈民國二十餘年猶有足不出戶之舊派婦女乎？抑別有不願見人之隱衷乎？彼陳太太者，對男女僕則說京腔之「奉天話」（瀋陽之舊名奉天，北平人仍以奉天呼遼寧），與陳之邁則說廣州話。是時我等對廣東話幾無一字聽懂，余與任二哥偵察凡二週，竟不得結果，但知吸煙室彼女人所吸之煙為鴉片煙，而非其他之普通煙。余等始則懼，繼則憂，蓋恐彼女人將帶壞此翩翩美男子也。

中外政治界學術界，不論古今，不論左右，若說全無「人事」的因素是騙人的話，若說全靠人事，便能飛黃騰達，也未必盡然。平常說「天助自助者」，陳之邁說起來，卻是「人助自助者」。他自己的根柢好，有實學，又是清華出身，佔了很大的便宜。但提拔而捧他的卻是獨立評論，而尤其是胡適之和傅孟真師弟二人。

清華政治學系截至抗戰之先一年（即民國二十五年，西元一九三六年），專任講師只有陳之邁一個人，燕樹棠和張映南程樹德三人，是他校的教授到清華兼課的，教授之中得六人，計有蒲薛鳳（主任）、王化成、張奚若、蕭公權、沈乃正、趙鳳喈。蒲後來入了行政院，隨翁文灝蔣廷黻等入閣做官去了，其中在國際學術界有名望的是蕭公權，王和張也都是大學者，以教得好著名。現在王化成作了多年的葡國公使，張奚若則因在參政會敢於向蔣直諫，獲得紅朝暗中注意，如今做了紅朝的大員，但亦非方印正官，人民外交委會不過是「閒曹」面子機關而已，以張的博學和穩健，而又富於口才與文才，安穩作下去是不成問題的。陳之邁在清華擔任的是「憲法」、「議會制度」、「獨裁政治」三種課程。除「憲法」為必修之全年課程外，餘二者為半年開課之選修課程。另外他還與蒲薛鳳合作負責政治系研究所的「政治制度專門選讀與研究」，是指導研究生的。那些年正是胡適之主辦的《獨立評論》行銷全國的時候，陳之邁肯寫政治方面的文章，胡當然極歡迎。所以關於憲政問題，政治制度等問題，每期都由陳執筆。陳是個絕頂聰明的讀書種子，這時居然學得一套胡派的乾淨白話文，而且邏輯與謹嚴，有時且過之，不但胡氏大為激賞，獨立評論的基本創辦人——或稱基本社員吧，也無不大叫其好。寫到這裏，筆者須略述獨立評論之基本主持人。那週刊係用白報紙刊印，每期只刊五六篇或四五篇論文，偶然也有遊記，小說，或討論略為專門問題的文章，但主要仍在政治、社會、教育及偌偌大的中外問題。主辦人雖是胡博士，但發起人和基本社員卻不止胡一個，計有任鴻雋和陳衡哲夫婦，丁文江，翁文灝，蔣廷黻，傅斯年，陶孟和等大約人數不超過十位。所謂社就設在地安門內米糧庫的胡宅，其實只得一個書記任送稿校稿發行而已。最初是輪流編輯，每人一個月，但大多數都是胡氏或任太太主編。他們每週有次聚餐，寫稿人也被請參加，陳之邁當然也是座上客，時年二十九歲。

照他們口頭上的規定，加入做基本社員，必須全體通過，不得有一個人反對才成，可是有一次聚餐之時，傅斯年當着大家的面指了陳之邁，提議他做社員，就這樣沒有人反對，就算通過了。陳很賣力，社論歸他寫（當然是政論），在胡與任太太都離開北平的廿四年冬季，他還代編過三四個月。也正在筆者與任二哥暗中查探那位「陳太太」的北平之冬。某日筆者到門房去尋傳達老王，因為正當學校放寒假，便與老王研究伺養從前上自王爺下至庶民最愛的「油葫蘆」和「蟈蟈」（兩者皆係鳴蟲，以古玩式之刻花葫蘆籠而飼之，藏於懷中，聽其清脆之叫聲以為樂），看見大門樓內陳家女僕和一位很美的十六七歲少女，蹲在那兒切蘿蔔醃鹽菜，隨後又來了一位青春艷婦，才知道她們就是「陳太太」和其小妹。當晚我忙着告訴任二哥，他很急，想見見，不久便到了殘年急景，忽然某日陳家備了豐富的一桌廣東家常菜，叫男僕老德來請我們，說是「陳太太請兩位爺吃年飯」。我兩個走到飯廳陳不在家，「太太」亦未出來，只命老德和女工好好伺候，我們兩個大孩子，莫名其妙，飽餐了一頓。以後我二人常在半夜到書房去尋陳先生聊天，當時是林語堂之《吾國與吾民》出版後不久，他有一個習慣，每逢英美出版了重要的書便一定很快地讀過，清華圖書館設備太好，能供應他任何新書。陳香煙癮特大，私人談話比演講好，我們從他獲得不少的新知識。他說他得博士後獲到一筆獎金遊歐，便到法國巴黎大學去旁聽，一個夏天，他只記熟了三千個法國字，但到了秋間便可以說普通話，聽懂本行學問的講演了。後來他拉了清華德國教授雷夏和新被希特拉趕走的德國太太來往，我們親見他從雷太太習德語，當真只幾個星期便有膽說普通話了。但主要還在其英文程度高。

《獨立評論》的「基本人」，因為民國二十五年政府之改組，翁詠霓去做了行政院秘書長，蔣廷黻做了政務處長。丁文江往衡山探測地質得了病，進湘雅醫院死了。獨立評論在民國二十四年冬，到民國二十六年初的一年多，是陳之邁寫政論最多的時間。當時鬧得最大的一篇文章，是張奚若寫的，題為「冀察不應以特殊自居」。宋哲元要封獨立評論，胡博士匆匆北返，但獨立評論之有膽說話，卻贏得了南京中央政府的重視。七七事變前之廬山暑期的全國群英會，陳之邁也在彼邀之列。就這樣他沒有再返北方，我們可以說抗戰救了陳之邁。

四川軍閥反對中央任命的川大校長任叔永，陳衡哲先生因為看不起劉湘楊森等人的群妾生活，不免有所諷刺，引起了楊森的「姨太太們」發表反任的宣言，文中提到楊森之時，稱為「我們的丈夫」，倒也頗合英文文法。成都專門為了侮罵陳衡哲先生，辦了兩家小報，中國男人，尤其是由軍閥統制，副官姨太太作主的邊疆割據省份，其對於女人的侮辱和謾罵，原是全世界任何民族不能比擬的，下流到不能再下流，理由可以引汪精衞的一句講演說明：「我國以孝治天下，而罵人動輒傷人的母親，辱人的妹妹。」四川當時之侮罵對象是一個負國際聲譽的中國女學者，當然更有得「臭」的了。其實陳衡哲先生的罪過，十分簡單，即宴會以後請她登榻燒兩口鴉片玩玩，她拒絕了；對於將軍們的數十房姬妾，她搖頭了，而且還派十八九歲的姨太太到上海去留學，每位一幢租界上的房子，奴僕如雲，用錢如水，而川康之山民，有十七八歲大姑娘尚無遮羞之一片布者，她不得不憤怒了。在獨立評論發表過幾篇文字，於是引起了大禍。任叔永辭職，全家返平，陳之邁與那姊妹倆遷走了。七七事變後，教育部奉令將北大和清華，加上私立的南開，在廬山的教授們，會後紛紛到了賈誼的家鄉。陳之邁乘粵漢路火車，自武昌入湘，到了長沙的東車站時，茫茫然不知東南西北，這時在車站接車撲了空的有一位半老的老先生，此公即湘潭原籍的黎錦熙（劭西）先生，師大的文學院長（紅朝之師大校長），兩人並不認識，陳在問路偶然相遇，黎已聞其名，且又是胡博士等獨立評論諸公的老友，所以一見如故。黎告訴他道：「臨大僅有此議，還不知安頓在那裏，我在長沙有房子，不如請到寒舍暫住再說吧。」陳欣然答應，於是作了黎公館的貴賓。以後北方教授和大學主持人陸續到了，陳還是住在黎家。

黎劭西有小姐憲初女士畢業於清華外文系，乃已故詩人方瑋德之愛人，且為清華四美之一，時稱四喜丸子者是也。詩人既薄命先亡，美人乃不勝其悲戚，今逢貌在汪精衞梅蘭芳之間的青年名教授陳之邁來家作客，黎劭老問知陳尚未婚，這一喜非同小可，便去尋了梅貽琦校長並其他同輩老友，請出為冰人，於是黎陳遂聯秦晉，而之邁入贅於三湘望族（黎為湘潭世家）焉。行禮於中山東路銀宮電影院樓上之柳三和酒家，柳乃已故譚延闓之世廚也。那天潘光旦先生送的喜聯是「三多四喜，五男二女」。三多乃清華同期之三美人，而四喜則指新娘子為四喜丸子之一也。魏建功先生則送一自書之金紅箋中堂，寫三字經第一句「人之初」，蓋暗「之邁」的「之」，與「憲初」的「初」，很引起大家的讚美。陳在婚後，只在臨大上過兩個月課，即發表了行政院參事，偕嬌小玲瓏的四喜丸子入川去矣。黎家得此佳婿，歡喜自不必說，而陳之邁在長沙車站之一剎那間，紅鸞照命，亦是事實。只可惜他生逢國家多故，做的大使都是小國家，算起來已是五十四五的美男子了。

陳之為文中文謹嚴而條理清晰，英文則非筆者所敢得而評論。當其在清華時，與「約翰日」公司（即賽珍珠之後夫所辦之出版公司）之《亞細亞》雜誌有約，每年四篇政論，每篇二百元美金。但陳只寫過半年，最多者還是蕭公權。他的必傳著作，為大學叢書之《中國政府》，蓋自陳氏此作發表，對吾國政制，始有系統地專著也。

辜鴻銘大罵張之洞

前輩學者之中，愈舊愈有他們特有的風度，在最老的留學生之中，辜鴻銘（湯生）應該是對中西哲學和文學都有最高的成就，而尤其對歐洲語文的英德法意四種活文字，和拉丁文可以運用自如的天才。在民國二十二三年，林語堂曾經在上海他辦的宇宙風刊登啟事，徵求辜鴻銘早年的外國文著作，如英德文譯本的四書之類，可是不得結果。前幾年台灣有家出版公司印行王國維詩文的，曾刊出廣告，出版一本辜的中文作品，筆者始終未曾買到過。余生也晚，只從師友長者的口中，聽到關於他們親見親聞的辜鴻銘的軼聞趣話，茲就記憶所及，錄之於後。

辜是檳榔嶼的閩籍土生華僑，為清末吾國最早之留英學生，畢業於愛丁堡大學。雖然是留學生，可是卻很忠心於大清帝國，一直到民國他在北大任教（民國初年）之時，仍舊拖着一條長辮子，穿棗紅花緞長袍，繫腰帶，同時他也不諱言吸鴉片煙。在清末同光之時，全國最重要的督撫，在北方的是直隸總督，北洋大臣，在南方的是駐在南京而管轄三省的兩江總督，和駐在武昌的兩湖總督（以前是湖廣，後來是兩湖和兩廣）。在曾文正以後，滿清朝廷最信賴的當然是李鴻章和張之洞，尤其在庚子的次年，李鴻章訂好辛丑條約，西太后和光緒帝尚在西安未曾回鑾之時，李鴻章以中流砥柱，積勞逝世了，在漢大員之中，張之洞和初起來由李提拔的袁世凱，是最得重用的。庚子之亂，張之洞正做兩湖總督，其時張的幕府人才，堪稱一時之盛，辜鴻銘初回國，就參與了張的大幕，因為張正在提倡「中學為體西學為用」，在建設方面繼曾左之後，大講科學建設，辜是英國留學生，張便網羅了他，其時各國領事和洋商，來謁張大帥的，都由辜湯生任翻譯。有一天某國領事來見，陪談甚久，在送客的時候，張從督轅的內花廳，送到了階下，辜在一旁攔阻道：「大帥請回，由我送吧。」蓋此領事官階甚微，張的地位乃兩省封疆大吏，主持華中軍民刑政，所以送到廳外階下，已經很夠了。但張以為應該向外國人講禮貌客氣，自己居大位亦應謙恭，於是不顧辜的攔阻，仍舊邊說邊送，一直出了二門。此時辜湯生急得不得了，居然向張與洋人之間一站，回身張開兩手厲聲對張道：「大帥請回步，不必再送了。」張為之一愣，始悟此中或有外交禮節問題，忙止於二門以外，由此發惡之幕僚送客。辜既送出洋人後，回至大廳院中，向上大罵道：「望之不似人君！」張在內聽到，微笑撚鬚，故有人評張之洞，實不愧為河北籍之「相國」。

英國文豪毛姆到成都去看他，他笑着問他道：「你們英國人，總以為我們中國最了不得的人，就是在你們洋行做買辦的人。你居然還知道有我，使我非常之驚奇。」隨即又批評英文不合於做哲學思想之工具，於是談話之時來以德語，這位英國大文豪不但不怪他，反而十分佩服他。他拉了自己的辮子對毛姆道：「這是老大帝國的最後象徵！完了，這個帝國完了。」隨後又大罵美國，說美國並無哲學，只有電油，因為毛姆請教他關於美國哲學問題，他便冷冷地反問道：「我還沒聽說美國有哲學，我只知道他們的電油很多。」

民初他在北大任教，國立大學第一次招收女生，他見有女人甚多，悄悄問工友道：「這些堂客是那裏來的？」堂客稱女賓，官客稱男賓，乃北平飯莊酒樓之習慣，工友告以從今年起有了女學生，他搖頭嘆氣，認為從此風化很成問題，一時傳為笑柄。

關於他向一個美國太太辯論納妾問題，說只有一隻茶壺用四隻茶杯，未見一隻茶杯用四隻茶壺的笑話，已是盡人皆知的了。晚年他非常窮困，在故都靠奧國公使他的老同學送他生活費，雖然窮卻不向新政府低頭，一直以東方古文化的護衛者自居。在吾國五十年來之儒林，他應該是屬於王湘綺後一輩的最老資格的。

朱光潛濫得虛名

朱光潛與萬家寶（曹禺）都是出身於中學教員，曹禺得名與朱之得名一實一虛，余寧取未曾留學之曹，勿取「濫得名」之朱。朱光潛從蘇州中學教員而因緣時會去留英，在愛丁堡大學習文，愛大不以文學著名，朱取其易讀，又因正在追求其後來之妻，時時渡海峽去巴黎，故僕僕風塵之日多，靜坐圖書館之日少。留英某先生嘗告予曰：「朱孟實在英國，實在沒讀什麼書。」此話出之於一位務實學之前輩先生，余信之不疑。何也？以朱孟實（光潛之別字）後來從武漢大學轉到戰後北大長外文系之「表現」證之。非信口雌黃是也。

然朱在教中學時及其返國後，寫了三書，其一為夏丏尊葉聖陶合編開明出版銷數頗大之《中學生》月刊上所載之《給青年的十二封信》；其二為開明出版之《談美》；其三為《文藝心理學》。中學生不知學問深淺，故對朱之十二封信以為做人與為學，秘奧盡在其中，然該書今日固已被其所屈膝稱師之領導上唾棄，即在解放之前，凡正正經經有過青年教育認識之學人，早已認為淺薄無根。其《談美》也，摭拾英文譯本之德國美學之ＡＢＣ著作，粵語所謂呃人者也。而呃人呃到曾讀過德國著作中論文藝心理與美學關係之讀者最噴飯者，莫過於朱著之《文藝心理學》矣。某年本港「翻版頭子」問我有不有是書，我即細細將之剖說，並告以不必翻版，謹防蝕本。彼不聽，終而翻而印之，則今日市上所售之版本是也。香港翻版佬，本來無法無天（當然只敢對付中國作家與中文書），此書是否蝕本，各人心裏明白。

朱之形貌，極似其安徽出產最多，遍佈江浙二省之當舖朝俸，如果用化學分析，則七分徽幫朝俸，三分村鎮中學教員是也（雖然他教的是有名中學）。戰後出任北大外文系主任，乃因傅孟真之接收偽北大，出任「代校長」，為胡博士鋪路時之安排。傅孟真雖論外貌與才學，都極似曹孟德，因記梁實秋一箭之仇（在重慶參政會上二人之爭論），故在安排胡博士出任北大時，恐戰前做過多次外文系主任之梁實秋北返復辟，故向武漢大學之朱某埋手，蓋葉公超早已棄教而仕，朱既在武漢做過主任，安排朱來頂梁，使梁無虛可乘，朱乃於無意之中，得傅孟真之提拔焉。傅深知胡博士之美國派民主風度，連校長室之秘書，亦安排了傅之山東同鄉教宋史之鄧恭三，在解放後，鄧亦在清算胡適之第一集到第八集中，有過錚錚響之大文章。果然當梁實秋返平去東廠胡同看「胡校長」時，胡一面拿出其精裝四巨冊之「水經注考」已成部份之原稿給梁翻閱，一面連說「歡迎歡迎」。胡以為梁是一個不在乎做不做系主任的人，北大事實上尚無人授「莎士比亞」，梁返來任教，再好沒有。可是過了三天，忽然師大的袁敦禮校長派了文學院長黎錦熙訪梁，不由分說，雙手舉到眉端，硬逼梁收下聘書。梁見北大尚未送聘來，黎又係老朋友，加之袁有親筆函，便老老實實地收了下了。後來才知道這事出自「曹公」調度，而胡博士固尚睡在鼓裏也。今傳孟真已死，按下不表。

就這樣，朱孟實到了北大。北大的外文系只打理以英文為主，法、德、日文學為副的課程，另有「東方語文系」，由精通梵典之德國博士季羨林負責，但英文系教師卻多到驚人，而朱則獨裁於上。乃至用助教開門，而且在美國什麼學者來義務講學討論之時，助教與講師自由駁問過多，朱亦於事後叫了去斥責，認為得罪了外賓，他自己承認，一讀到德國哲學與美學之書，便不能體會或繼續，然則其《文藝心理學》及「美學」，其由來不必問矣。余私人不識朱，然與外文系師友往還多，故知之最深，而鄙之亦非自今日始。而尤怪者，有一左派好演話劇之功課甚好之學生，彼給予不及格，遂留校一年，重習他所授之一門課程，次年再考，某生畏之如虎，故答到滿卷，凡抄其筆記之同學皆及格，朱則仍給他四十分。余亦討厭左派幼稚病，然於學生之考卷則決不戴左右鏡批閱。此事余知之詳，然朱固不知某生將得天下也，是亦大失策者也。朱不得意於紅朝，豈種因太惡歟？噫，怨毒之於人大矣哉！

記北京大學第一位女教授陳衡哲

莎菲：

介紹你認識一位討論「救救中學生」問題的中學生程靖宇，他在匯文上學，希望你能接見他。他每禮拜來北大旁聽我的課，很用功的。

適之

胡適之先生在下課時，帶我到他的休息室，給我寫了這封介紹信，又給了我電話，叫我先約時間，然後去訪問任鴻雋（叔永）夫人陳衡哲女士——「清華」的老大姊，北京大學開風氣的第一位女教授，「清華」第一屆派送留美女生十名之一的留美生，和胡適之、趙元任、任叔永他們同時在美國的風頭人物。

我讀過她在天津大公報「星期論文」的「救救中學生」以後決定要拜見她，我佩服她是當年教育問題的導師。以後她成為我此生最慈愛的女長輩，我是她的私淑弟子。她太期許我，太誠懇教導我了。我今一無所成，追念過去的春風，長者的謬愛，兩鬢已霜，來寫這篇永刻於心的回憶錄。

在適之先生不在後，她大女兒任以都博士正任教賓夕維尼亞大學，還給了我好幾封信。我將舊書鋪買到的她母親早年的《西洋史》兩本，寄了給她，留着給她兩個兒子他日大了，讀他們「外婆著的書」。那時她妹妹以書，已在瓦薩女大畢業，結了婚，返上海去侍奉衡哲先生——她患嚴重眼疾，已近乎不能用目的地步了。我只記得以都告訴我：

「父親（叔永）先年不在，胡伯伯告訴了你。現在胡伯伯又不在了，真正想不到。請你去信上海時，不可提及胡的事，她老人家最怕聽到老朋友有變故的消息，新地址如下。我好娘比胡伯伯小兩歲……比爸爸小四歲……」

後來我接過由衡哲先生口述，以書代寫的信，一共有兩次，告訴了簡單生活情況和眼已不能多用的痛苦，之後再不敢多通信了。今年已十三年半矣，生死莫卜，令人非常難過。

任宅當時住在北平西單牌樓，報子胡同再往西去的察院胡同二十九號，是一所完全不同於北平的大四合房的庭院。大門很寬，一進門右邊是門房和車房，一條直的約五十尺長的寬甬道，通至一座圓的月亮門。門內有石花牆洞的隔牆，高高的墩子上，放了一尊原來房主人作裝飾的黃琉璃大彌勒佛像。

右手一拐，進了「園子」，花木扶疏，有高大的柏樹和花菓樹與翠竹。園子中間正西是大客廳，獨立的有遊廊中西合璧的一大間，進去客廳之左側一門，通到一間大書房。

由這書房後，可以有遊廊不怕雨打，通到被這座大客廳遮住了的後園。西與南成直角聯綿的紅漆窗格的兩排房舍。西面的一條有外間放了堆滿了書的書架，也有臥室。南面的一列，才是大臥房、洗浴間，和內客廳，這樣一直通到遙對大客廳之左面，才是任夫人的大書房兼客廳，其外有可以夏天起坐的大遊廊，對着園子的正面。園子的內面有土山，一座沒了水的荷池。土山上也有花樹、石山洞，只給小孩子們捉迷藏用。

全家各室皆裝有暖氣水汀，總爐子就在「任太太」的臥房與書房間的內客廳裏。外面大客廳掛了一副白宣紙的梁任公的對聯，上款是「叔永先生雅正」。年代久了，聯語全不記得了，但記得是特撰的。此外有一張古畫，鋼琴上放着寬僅四五寸，而長可四尺小恭王溥心畬的焦筆山水，用長長的鏡框框着。另外有紫檀八仙桌，和許多堂大小沙發。內客廳放了家中自用的西式長餐枱和一隻大圓桌，只有許多椅子，沒有沙發。牆上只掛了一副任叔永先生寫給他太太「衡哲清玩」的行書對聯，好像是集的杜詩七律，但也記不得那兩句了。叔永先生是有名的行書家，專寫聖教序加上趙孟頫的，比董其昌的豐腴，可以說三分之二是王派。

衡哲先生的書房，兩面成直角，窗外是大遊廊，有大書桌，精緻的紅木玻璃書櫃，中西書是分櫃安放的。記得另一架是一部大英百科全書。令我奇異的是陳先生雖為湖南衡山原籍，卻是生長在江蘇常州（武進）城，和在上海讀女校的，所以能說常州話和純正上海話。但在家裏卻和任先生孩子們說帶成都口音的北平國語——三成北平話、三成成都話、一二成江蘇言，似乎可以名之曰南方人說官話。而對於長沙話、衡山話，則一句也不會說。

中等身裁，戴細黑框金絲邊的近視眼鏡，方面，顴略高。有人說她的腳是「改組派」，但我卻看不出來。她有一種英美太太們的親切，說話時有夾英語的習慣，在和外國朋友們相見談笑時，如果背轉面不看她，會以為她是一個美國女教授，英語之流利與純正，我只見過她和謝冰心兩個中國太太說得有這麼好。

她不叫我的「學名」，叫我的「字」——靖宇。她初見客人，有握手歡迎的外國禮貌。我初見她那天是禮拜日，任叔永先生不在家，她的門房老張接了我的用信封裝着開口的適之先生的介紹便箋，立刻引我進園子，她已經在她大書房外的遊廊上笑着等候我了。同時在一起的，有她的大姑娘以都——正讀一家英國教會女校的初中一年級，她只有十三四歲。二姑娘以書，還只十歲，和第三個兒子以安只得七八歲。

那天就在遊廊上喝西式下午茶點。她鄭重介紹我和她三個兒女作朋友，我比以都高了兩年，正讀匯文中學的三年級。

她問了我學校的生活，那年我家因平津不安定已南遷了，我第一次住校。她說她不主張學校的功課太繁重。太逼小孩子，這樣對健康和發育都有妨礙的。

「你現在沒有家在北平了，到禮拜六、禮拜日，隨便來玩吧！記住，要At Home，不要客氣。要自由，隨便。」在介紹三個孩子同我握手時，她囑咐他們：

「以後就叫程大哥，他大你們好幾歲呢。」

在吃茶時，她向大女兒以都說：「你二哥呢，快叫他來。」一個和我同年齡的青年，穿西褲襯衣的來了。她給我介紹：

「這是任先生的姪兒錫光，啊，他大你兩歲，已經在金城銀行做個小事情了，也幫我管管家。」我以後也跟隨以都姊弟三個叫他「二哥」，的確我真又有了一個家了。

錫光就住在客廳後西邊一排房子裏，一間臥室，和外間盡是書架的「西屋」裏。以後他和我成了最好的朋友，他的字寫得和他叔父叔永先生一樣，原來他是叔永先生二哥之子，家在重慶，叔永先生行三，他叫他夫婦三叔、三嬸。

雖然是清華第一屆考選留美女生和北京大學初次聘請的女教授，衡哲先生有英美式的禮貌和習俗，但卻同時有很濃厚的中國世家的舊規矩。例如小輩對長輩不許用「你」字，須用「稱呼」對話，就是一例。

我家原有一種家規，如果我們晚輩孩子們、少年們正坐在房中談笑，長輩大人進房來時，便須立刻站立起來。這習慣我一直沒改變，但任家卻沒這習慣。有一次我正和小朋友們大家亂說亂笑時，衡哲先生笑着進來了，我忙站了起來。她一見知道這是湖南老家的規矩，便忙以手作勢道：

「你快坐下，你們說笑你們的。她們還沒有站起來呢，我們家，倒早已沒有這個講究了。」於是談起以前的家規，她說：「世家都是這樣的，在常州，在上海，都是一個樣子。」

原來她的外祖父就是清末大名鼎鼎的莊蘊寬，而且那年秋天，我還見過由上海北來的她的外祖母，其時已超過了七十歲。

從此我很少一個禮拜六、或禮拜日不去她們家，我有一位姑祖母和一位姑母都住北平，反而並不每個禮拜去了。有時她家有生日，或有其他宴會，雖不在週末，也打電話到我宿舍來，叫我去吃晚飯。她家的廚子在當時的北平是很有名的。其時只用一個打掃洗衣的女傭張媽，是標準能幹打大工的北平老媽。後來我漸漸知道「陳先生」（我這樣稱呼她，她說她不太贊成中國人用「安娣」這種稱謂）——「任太太」是很不容易伺候的，她精明能幹，平時待人極其和氣，但如果規矩錯了，那便立刻開教訓，不客氣。不必隱瞞，北平文化學術界，都知道她脾氣很大。

人各有緣，她非但從來沒有對我不高興過，後來在昆明重遇，連她家的女傭也交給我去物色，因為錫光二哥忙，部份的她的家務，如對付女工傳話，都歸了我。平情而論，她對待我，和她的三個兒女，決無軒輊。而且對我期許有過高之處，謬獎太多，在替我設想時，完全是一個慈母。因此後來在雲南，她家有了不愉快的事情發生——如女傭發威，向她頂撞了，氣壞了她，以致她在盛怒難解時，以都是大女兒，也讀西南聯大一年級了，便一定找了我去她家吃晚飯，為的可以令她的母親有說有笑，忘記了下午時的一腔怒火。

在北平、昆明、重慶，任叔永（鴻雋）先生擔任的職務，是「中華教育文化基金董事會」的幹事長，該會簡稱「中基會」。其管理的事務若籠統言之，便是美國退還中國的庚子賠款。若論事務的分類，則有：

一、自清華學堂——留美預備學校起，到國立清華大學止的全部清華基金。

二、遣送清華留美學生（清華學校時是每個學生讀完了「高級班」以後，當然派送留美。但公開考選全國大學畢業生去美國作研究，仍繼續不斷每年舉行。所考主要科目，隨學術界之急需而定，大致後來都偏重自然科學；文、史、法等科目的機會佔極少數，可能只十分之一或二）。考選則由清華大學主持。

三、設有「編譯委員會」，主持西洋名著之翻譯，稿費由中基會付給，約定交商務印書館出版，有名的周作人譯的《希臘擬曲》；羅念生譯的《希臘悲劇》；卞之琳譯的《維多利亞女王傳》等等，都是該會的譯刊成績。

四、資助津貼留美私費生，完成在美的學業或研究工作，這項為數之多，令人驚異。我在任家見過大約民國二十二、三年的一本厚可成寸的舊「清華同學錄」，其中註有「資助」字的，佔數最多。名流之中，舉不勝舉。

五、代全國各大學請外國名學者來作一年或二年之講座教授或臨時教授，由中基會出旅費薪金。羅素到北大講學，泰戈爾來華到處旅遊，是否為中基會出錢，待考。

六、出錢給國立北平圖書館（最先叫「北海圖書館」，後建了新園子新宮殿式，外形宮殿，內部美國西式，與燕京大學建築相同，後改「北京圖書館」；三改「北平圖書館」；主其事任館長者，自始至一九四九年止，都是袁同禮（守和）博士。大陸變色後，袁去了華府國會圖書館任東方部主任，一直到他病逝止），或其他全國的大學圖書館、南京後成立的中央圖書館買珍本貴書。例如北平圖書館的那部明版《金瓶梅詞話》，所花的一千五百塊洋錢——約折合北平一所普通四合院的獨院住宅的房價，時美金極高，一元折合三元上下袁大頭，曾到過五元內袁大頭現銀子，——就是中基會出的。

中基會管理美國退還指定用於「教育」、「文化」事業，氣派之大，它數第二，沒第二個機構敢居第一。美國始倡退還庚子賠款，而欲指定其用途者，蓋一怕腐敗貪污貧窮的宣統年間和辛亥以後的中國政府官僚急時挪用；二因義和團「滅洋」，煉了功夫不怕槍炮轟，不怕大刀砍，拜土娼「紅燈照」娘娘為祖師，燒教堂，殺洋人也殺「二毛子」（北方稱黃髮碧眼兒為「毛子」，稱信教的中國教徒或用「洋鐵」、「洋釘」、「洋油燈」……的中國人為「二毛子」。「二」者，次也。）美國和其他退款之七國，都認為這是「民愚」所致。既然中國人愚蠢，那得給他們「教育」，得讓他們有「文化」（現在大陸早用「學習文化」這一怪詞了）。如果不嚴格設一董事會管理，一旦挪用亂花光了，豈不又使愚蠢中國人繼續努力愚蠢，幹壞事乎？

任叔永先生這個「幹事長」，是該會行政元首，可說自始就由他擔任，沒落到任何他人之手。任先生清明廉潔，保持了他擔任中山先生臨時大總統府秘書的精神。他不答應做官，卻以「秀才」的資格要去美國習化學，做了科學家。我聽他夫人陳衡哲先生說過：

「汪精衛他們當行政院長時，有意要移用中基會在紐約保存及投資的基金，多次想動手。是任先生據法力爭，借也不許借，董事們也不通過，所以才保全了的。」

這話是他們住在昆明青雲街，和唐生智花園隔一道空花牆時，在院子裏告訴我的，當天下午的情景，我至今還記得清清楚楚。

陳先生呢，她夫婦和胡適之先生、丁文江、傅斯年創辦《獨立評論》，胡先生如有事離開北平，便由陳先生編，審查基本「會員」來稿，發交印刷。錫光二哥就是送稿去印刷所的人，我不止一次陪了去過。胡先生到「港大」來領榮譽博士位，再到廣州原擬定在中山大學演講一週，後被反動份子慫恿西南王陳濟棠取消了，改而受李、白遊廣西之請，離平幾有一個多月，就全由陳衡哲先生主持編務的。她另外主要的工作，是太平洋學會，每屆開會前中國代表的講稿（英文）編成書，都由她負責，前加長長的導言。她的英文著述，有名的《論中國文化》，就是在太平洋學會演講的，後收入集子，作為「導言」。最近我讀《傳記文學》，有陳之邁先生寫的一篇文章，提及當年《獨立評論》，卻將「創辦人」任氏夫婦兩個名字勾去了，可能因為叔永先生死在上海，陳先生現在消息全無吧？但這不是「歷史」的做法，歷史第一在求真，非真能不語則不語。

她在北大擔任「開始聘女教授」是民國八九年蔡元培先生二次出任校長時，教「西洋史」與英文系某種英文文學課程；早年似乎還教過短時期的北京女師大。郭秉文主持東南大學時，任叔永先生任副校長，陳衡哲先生在史學系任教授，想必也是教西洋史。她在北大，僅遲過周作人兩年（周民六到北大，時沈尹默已先在，據《知堂回想錄》所記，沈似乎比蔡校長更老，主持中國文學系，胡博士還剛回國進北大教書，是個二十多歲的青年博士）。她夫婦和周豈明做朋友，相信即始於民初的北大同事。

東南大學以後，他們家又再遷返故都住，直到民國二十六年七七事變前止。

陳先生有時難講話，不易答應人家的要求。但當蔣委員長提倡「新生活運動」時，由中央黨部秘書長葉楚傖主持，編一套《新生活叢書》，用小本子（六十四開本）印出，其中《新生活與婦女解放》，卻是由衡哲先生執筆的。這本小書，和她用連史紙、磁青封面線裝本英文寫的《一個中國女人的自傳》，是她最早送給我的書，還有一本便是太平洋學會的中國代表演講集。任先生是早年跟中山先生的，但衡哲先生對於孔宋把持財政的中央，卻常常不滿。所以發表了她做女監察委員，她不就；在重慶有戰時「參政會」時，她被點選為女參政員，也不應允，卻推薦了謝冰心給當局，這樣謝冰心才做了參政員。謝後來成為與蔣夫人很接近的朋友，即是由做參政員起始的，雖然冰心和蔣夫人同是美國韋斯理女子大學的學生——可能還不同時。

此外清華留美考選時，如果有專攻西洋史、歐洲各國史的科目時，她一定是命題委員和閱卷員。民國二十四年的那屆考選，共是十名，有一名就是「西洋史」。我那天去了，她正在書房閱卷，見了我以後，對我道：

「你和他們玩，不要進我的書房來，我在看卷子，任先生也不能進來的。我做完了以後再出來同你們喝茶，忙了我兩三天了。」後來有一位戴深度近視眼鏡的小姐，在她家參加下午茶會，她給我介紹，就是只要一名，考取了清華送去研究西洋史的幸運者。我根本沒記住她的姓名，但圓圓紅紅的臉，和極深的近視，使我至今不忘。

在她家裏，我認識最多的，是清華的前輩男女師友。認識周豈明先生，就是由她用電話先介紹，約定時間後，她再給我一張寫了八道灣十一號住址的名片，然後由我去苦雨庵的。說也奇怪，我對知堂先生比魯迅更佩服，我認為他是浙東的近代新思想家，而且在五四時論積極和「革命」，他比其大兄猶且過之。如他之捧俞理初、李卓吾，遠而至於王充的思想；如他反對中國吃人的禮教，反對道學，都不在魯迅之下。我去苦雨庵，正是知堂被林語堂在《人間世》散文月刊奉之為「京兆布衣知堂老人」（第一期創刊號，以一全頁，刊周的大相片，下標這八個字），《宇宙風》每期不可少周的散文和讀書記的時候。

但認識謝冰心卻不是由衡哲先生介紹，而是由知堂先生用電話約的，因為我每去苦雨庵，便只請教早期民初的新文學運動的出版、寫作的情況。我知道冰心、俞平伯、廢名（馮文炳——在「北大」教國文，又教《論語》）是周氏三個得意的文學學生。有一天談起冰心的《寄小讀者》，我說「在小學時，我能背誦好多封她寫的信」。老人忽然問我：

「你不認識冰心？她同任太太是好朋友。」

「不認識，她住在燕京，太遠了。」

「你可以去看看她，她早年寫作的事情，最好問她自己。他先生吳文藻，是主持社會學系的，人也很好，可以談談的。」

這樣他給我立刻用電話約了，在一個奇寒的晴天下午，我乘燕大校車到了燕南園，認識了吳氏夫婦和才十歲她的兒子（已忘其名，後來以十六歲考入燕大，是入學試「智力測驗」得全分的「天才」）。對冰心的印象，和其為人，以後有機會再談。

我將見冰心的經過和印象告訴了衡哲先生，表示她雖然也是美國「留」學生（她在美沒上什麼學，一去就住了肺病醫療院，《寄小讀者》，即成於那時。她從知堂先生聽講是在燕京做學生的時候，可能是中文系，或英文系，至今不清楚。知堂早年在北大便做過英文系系主任，以後才主持東方文學系兼中文系教授——他教過「歐洲文學史」、「中國文學史」、「六朝平民文學」、「日本古事記」、「日本平民文學」等課。我覺得冰心對待「小朋友」客氣而不親切；這字當時我還沒說得這麼恰當），而家裏擺設作風，完全是燕京的一個美國闊教授的住家氣派，沒一點中國文化氣息，同任家一比，完全兩樣。

陳先生聽完我的說話後，笑着說：「我知道，她使你受拘束，不自然，不像我親切，可對？」這「親切」二字是她用了講給我聽的。

後來我再沒有去吳家，可是在西南聯大時，有一天我去雲南大學（正樓在小山上，前有百多級花崗石坡石階，爬上去極吃力）找原在北大教法文的法國教授邵可侶（聽說他是同李石曾他們同路的「無政府主義者」），邵娶了我們史學系很美的前期北大畢業生做太太，我在晚會中認識他們的。我去找邵可侶，是因為他約了每週兩次，在下午五時為我的法文「正音」，那時還沒有錄音設備，只能靠口授耳聽。在石階上我往下走，一位太太——前有「劉海」，梳了個髻，正提了一大籃菜菓魚肉很吃力的爬上來。她正歇在由下而上十多級的地方喘氣休息。抬頭一看，我們立刻招呼：「吳太太？」

「你是密斯特……程！您在這裏？」

「我在聯大，來這兒找人的。您幾時來的？都來了嗎？您不是在重慶麼？」

「一言難盡啦，重慶天氣要不得，真要命！我同吳先生兩個人來的，現在就寄住在這裏一個朋友家。」我看見她額上冒汗，忙搶着代她提了那一大籃菜：「給您提上去，不要緊。」她沒太客氣只連連說：「想不到，在這兒又遇見了。變動太大了，怎麼得了！還好，昆明警報少，重慶白天半夜不停的來炸，苦死了。」我只送她到那位雲大教授家門口，不願進去坐，放下大籃子就走了。她一再多謝，我只說「再見，我有功夫來看您」，便飛也似的跑了。此後我沒有再見過冰心，當然抗戰時期，任何地方也尋不到北平西郊原為「靜宜園」的燕大校園花木扶疏的美式教授住宅啦。

這時任家似已遷出城，住在黑龍潭鄉下去了，中央研究院便在那裏，任先生那時正做中研院的總幹事。我在任家，沒碰見過冰心。參政員在開會時才飛重慶，平時並不需要住在重慶。冰心已做了監察委員，也是任太太讓與的。衡哲先生雖無濃厚的宗教觀，其家庭近乎儒家純中國傳統兼有美國西洋化的一些起居飲食習俗，但決不同於冰心之為「虔誠」的基督徒。冰心只能生活在洋式安樂中，而衡哲先生個性不失原為湖南與江蘇大儒之後——她伯父是衡山陳眉生先生，民初繼王湘綺以後，曾擔任過衡陽東洲船山書院山長（民國改院長），而且是由先曾祖端毅公禮聘的，因為自太平天國以後用公積田產辦船山，先曾祖兄弟是財務董事，湘綺多次主持，直到民初才由陳眉老繼任，但這是以後才知道有此世誼的，她有湖南人的豪情和堅毅，也有江蘇人的細緻與親切文雅。在抗戰中，她從來沒有覺得後方「受罪」，認為這是民族求生的大事，全民義無反顧應該一同受難對外的。

我非但少年時奉之為師，就到了大學，無論學業，無論任何私人的事情，無一不求她指導。她有一次告訴我：

「靖宇，你不要怕人恨你，恨是不要緊的，以後人家了解之後，是不會恨你的。但你不可叫人看不起你。記住，恨 Hate 與看不起 Look Down Upon 相差太遠了，不是一回事。」這話我至今在耳，銘刻於心。

「七七」事變前，蔣委員長在廬山召開談話會，北方的學者和教育文化界的領袖，都應邀去了廬山，任叔永先生出席去了。事變前北平、天津，陷於日本特務、浪人的恐怖中，朝不保夕。日本軍車在城中絡繹不絕，到處裝軍用電話線，「鐵蹄」閣閣，勢若豺狼。六月底時，忽然我接到以都的電話，說「我好娘（她們稱母親的習慣）叫你來一趟。」我四月參加了滙文保送燕大入學試，正候北大清華合作在太和、中和、保和三大殿的聯合招生考試（後來取消了）。去到「察院胡同」時，衡哲先生很慌張，向我道：

「任先生又不在家，你看我帶了他們三個怎麼辦好？現在還沒開戰，火車還通。」

我不知那裏來的見解，我說「不少南邊的親戚，都在收拾走了。依我看，您還是取道平漢路先到漢口，再乘下水船去南京上海，和任先生會合吧。要走，就得快！」

想不到她相信了一個中學剛畢業的學生的話，她立刻——真是「立刻」答道：

「好！你給了我一個決定！叫錫光，快打電報給你三叔，還有快訂明天的車票！不知有沒有票子買呢？」

「我去訂，我的姑祖父是平漢路局的老人，楊季子先生——楊度的弟弟，堂弟。」

我當時回身出來，騎了自行車到了西四北的南魏兒胡同，楊家姑祖父——我叫他「七姑爺爺」的，已下班回家，立刻用電話定了後天的頭等臥車一間房，正好四個舖位，如果不買頭等，則須一個禮拜後才有。二等，三等擠着人，只臨時賣票，不許預訂。

胡裏胡塗她們母女兒子四個走了，只我與錫光二哥送行。相信再也沒有做過這麼快的「決定」的事情了，今日思之，有如一夢。後來他們住在廬山，一直過冬，而且在次年下雪的二月才去廣州，我在長沙車站半夜接到了車，停了足四十分鐘，我送她們許多長沙食物，有她最喜歡的湖南五香蘿卜乾、酥糖，和洞庭湖的蓮子。其時國立長沙臨時大學已開學三個多月，我在讀生物系。

「那你就跟了臨大好了，北大清華南開這些北方大學，你習慣些。現在去美國不容易，倒不如先讀完自己中國的大學好一點。大學本科去美國讀，我怕你會失去了讀中國書的機會！我一定給你留心就是了。」子夜後三點半鐘小吳門粵漢車站，正下着大大的春雪，我在車內和以都、以書、以安三個好朋友重見了，他們說：「我們過廣州不多住，住香港再說，上海打得厲害才決定去香港的。」

就在三月中旬，我最後追上了遷雲南取道港越的大學搬家隊，住進了嶺南大學校園，初次過花香撲鼻，春色醉人的南海生活，一切覺得新鮮。七天後我坐船到了香港，到灣仔海濱六國飯店去看他們，任氏夫婦子女，有如見到了親人一樣，留我住在六國。在「七七」之前兩年，民國二十四年中央發表了任叔永先生任成都四川大學校長，他們全家遷去成都，只留以都在女中住校。察院胡同的任氏臥房、內客廳、書房的南邊一列，借給了在清華當「專任講師」的青年俊美的單身漢陳之邁先生住。我和錫光二哥替他們看守房子，寒假我搬去和錫光同住大客廳後的西屋，我的大書桌放在一道封了不用的房門前，掛了一張吳佩孚畫的寬大的墨竹條幅。

這樣我認識了漂亮的陳先生，後來才知他是匯文中學讀完初中考入清華留美預備的，還請他到母校去演講。他代編《獨立評論》，正是胡、陳都不在北平的時候。在嚴寒之中，我和他一同到西單哈爾飛戲院看過一次筱翠花不輕易唱的《棒打薄情郎》，我能買到黑市票前池第二排，他服了我，原來他也是個大戲迷。後來還有位清華的德文教授夫婦二人來與陳合住。寒假後我回了匯文宿舍，次年任先生在五月辭職，衡哲先生又帶次女與兒子以安返了察院胡同，陳之邁先生便搬回清華園了。

長沙臨時大學遷昆明，改名「西南聯合大學」，我的一隊在四月初抵昆明，任家已先由香港飛到昆明，住在青雲街一座有花園的洋房中了，是雲南一位老清華同學租給他們的。我這時成了他家每天必到的客人，而且是兼代副管家。以都在香港讀聖士提反女書院畢了業，到昆明考了史學系。我由生物系改史學系之次年，她考取的。她一進去，就科科考第一名，最難讀的西洋史，有二百多人一組，她大小考都分數冠全組。

我當她妹妹看待，我追求過一位女同學，卻沒有動過她的心，可能因為她自小就叫我「大哥」的關係。我的英文作文家課，反而常將草稿交給她改，偶爾有一句她在改正前教我：「你寫對了，可是英美人不這麼說，應該是這樣的才是真英文。」於是動筆斧正，我佩服她五體投地。

聯大有一次由史學會請衡哲先生演講，是教西洋近代史及西洋史的蔡維藩先生提議的。題目是「讀書怎樣做大綱？」，實用得很。昆華東院的容三四百人的禮堂，坐滿了也站滿了人。頭兩排留了給教授老師們坐，可是白髮蕭蕭胖胖的姚從吾先生，和第一紅教授雷海宗先生幾位全是站在台角邊。姚是陳的學生，和勞榦兄一樣。還有劉崇鋐師，也坐在第一排恭聽，教授兩排坐不下，盛況空前，超過劉文典先生那次「談紅樓夢」。

講完後教授們近前向她握手致敬，有的叫她「老大姊」，有的叫她「老師」，沒有人叫她「任太太」。她笑着一一握手，連說：

「班門弄斧，你們太客氣了，怎麼可以來聽我的東西？太不敢當了，班門弄斧，貽笑大方。」

後來由劉、姚、雷、蔡等名教授陪了她參觀聯大散開的校舍，都是恭恭敬敬的陪侍。清華童年級輩份，這位「清華老大姊」是女生留美第一期的，民八已教北大，實在資格太老了。

陳立夫先生任教育部長時，到昆明視察，在聯大向全體學生演講，學生請願，要求多添伙食費（時大學生由政府給飯吃，有如養兵）。次日立夫先生到任家拜候任氏夫婦，衡哲先生劈頭第一句就是：「我以小百姓學生家長的地位，向部長大人請願，孩子們正發育，營養不夠，將來害他們一輩子。」我也在場，見立夫先生銀絲滿頭（聞少年即白頭），笑着忙說：「已經答應增加了，等我回去就辦。任太太肯指教，那是再好也沒有的了。只是法幣貶值，是戰時的必有現象，中央正為這個在天天想辦法。」

後來女傭周媽對我說：「我們太太對人家部長也那麼不客氣說話……。」我說：「你太太是好些部長的老師呢。」

有一次衡哲先生告訴我：「王雪艇（世杰）說是我的學生，我實在想不起來了，他比我小不了多少，在北大教憲法時，我已經早離開北大了。要不就是東南的學生？不可能不可能。」

聯大師範學院將全國所有自民元所出中學的西洋史、歐洲史、外國史教科書搜集了研究，得到一個奇怪的結論：「數第一的還是商務早年出的陳衡哲編著的上下二冊高中復興教科書西洋史」。陳之得到碩士即返國（她是瓦薩女大史學畢業，芝加哥大學英文文學再得碩士學位的），是由於何炳松主持商務，要編這部復興教科書，和應北大之聘。後來何自編了外國史取而代之，陳書就成了陳書了。想不到仍被細細研究的師範學院，列為首名。

在昆明遷黑龍潭後，半夜被匪打劫，再入城中，後來任先生去了重慶，衡哲先生攜以書、以安由昆明飛香港，到港五天後，即逢香港淪陷。大女兒以都已去了美國，由她母親母校瓦薩的贈予免費學額繼續讀史學系去了。這時在香港同時淪陷的，有她的好朋友曾寶蓀女士和曾約農姊弟；陶希聖先生、顏惠慶先生等人，不下數十位之多。等到佔領後，衡哲先生也真有本事，居然攜了次女及兒子，上了一艘開往廣州的輪船，再轉上了一艘開「廣州灣」的洋船，逃到了廣州灣。然後再經雷州半島入內地，同行者有弱不禁風的陳寅恪先生，其間有十多天須在毒日之下步行。

錫光趕到雷州接他們，告訴我路上的艱苦。民國三十一年冬我經重慶飛桂林奔父親的喪，在李子壩中研院住宅，再與他們聚會了二十三天。以後便又在三十五年冬重見於上海楓林橋的中研院住宅，這時她已從美國回來了。她是戰爭停止去應美國國會圖書館之請，作指導研究員一年的。後來我北返平津，到民國三十八年來港，與任叔永先生見過幾次面，後來他返上海了，因為衡哲先生已出不來了。

我存有陳先生的親筆信約三十多封，就中以在成都大半年航寄北平的最多，今皆已隨「血光浩劫」失去。日前遍尋始得一封，先交《大成》影印刊出。任氏「全家福」，是民國二十八年在香港六國飯店天台上照的，感光不清楚，但這已是最珍貴的了。《清華校友通訊》在台北出了二十多年，只一張團體像有早年留美時的合影。我想現在這張任家夫婦子女五人合照，可能是海外僅存的「文物」了。

「欲祭疑君在，天涯共此時」，「漢世之事，誰與證之耶？」不意最有恩於我的二陳（陳寅恪師、陳衡哲師），他們都陷在大陸，未能出來，徒令我這白髮學生，忍受這談往事的痛苦。北平察院胡同，昆明青雲街、黑龍潭，香港六國飯店，上海楓林橋中研院，重慶李子壩……一一如在眼前，而劫灰已三重四覆矣。前賢風範典訓，歷歷如在眼前，如在耳邊，四十多年的滄桑變了，而猶尚未知今後之變為何，更令人不勝其戚戚也。

一九七六、三、廿七

不廢江河萬古流

——紀念胡適之先生

怎樣認識胡博士

遠在民國二十三年（一九三四年），我在讀北平匯文學校。北平匯文，和南京匯文，同是美國美以美（American Methodist）會的學校，但北平匯文學校卻是美國教會在北京最老的學校，迄今早逾一百一十一歲了。「匯文大學」原在崇文門內的盔甲廠和船板胡同東口，直伸展到內城的東南城根一角的大片地方。後來以匯文大學為首的幾間專門教會學院，合辦燕京大學，匯文大學校舍的胡同東口的校園，便改辦了匯文中學，伸展到東角城根的一片，原有之教師住宅仍給了中學的基本教員用，匯文小學——記得有第一、第二兩間，也在這一帶。但中學的招牌，卻不用中學名義，而是一塊木底的長方銅牌，有如香港的一流英美式的銀行或機構，只掛這麼一塊高尺六，橫二尺的精緻刻字版，而不似吾國的傳統作風掛大招牌。「北京匯文學校」六字在上，下有兩個英文刻字：Peking Academy。第一個字是「北京」，第二個字應譯「學園」，這字的原意是：

「在雅典附近的一座園子，在那兒柏拉圖講學。」當然這個字還指「柏拉圖派信徒，或柏拉圖哲學系統」。還有這個字通常是可以指「學習的地方，包括大學」；但尋常多指介乎「大學」與「學校」之間的一級——很似吾國宋代直到民初的「書院」。還有可指「特別技藝的訓練學堂」，如英國的「皇家軍事學院」（Royal Military Academy）。在美國，有特殊造詣的，如文學、藝術的「學會」也用這字，做到這些的「學會」的「會員」的人，通常代表一種高的榮譽。但「滙文中學」，卻只掛「學校」牌子，這不知是否「滙文大學」的傳統，我至今不知。

我們的學制，是一種美國舊派的嚴格的學制，例如英文，初中一用的文法書是自編的，初中二則用清末「洋教席」在「天津北洋大學」編的一種課本，名叫「English Lessons」——可譯為「英文課程」。這書我至今記得，共有約一百課，每課佔一個單頁。最上是單字，附印有中文，中部是分為十句或八句英文句，再下就是一句句的中文，這是「練習」，給學生作每日練習用的。由淺而深，將英文文法、習語都包括在內了。初中三年級則正式用厚厚的美國中學用的「完全文法」。另外「讀本」，我那時候已用現在香港仍用的「長人」公司的「新法讀本」全套加故事補充小說分集了。小說集未改，讀本則年有修添刪正。

匯文住校之宿舍，是匯文大學留下來的西樓與北樓二大座，二人一室，大者三人一室，有如清華和燕京，人各一鋼絲床、一書桌、一椅、一衣櫃，冬有暖汽管。

晚間自修可在室內，也可去圖書館，雖為中學，過的已是燕京大學生活，非常之自由。但晚間七時關校門，不許再出入。

那時的學生，正當「九一八」與「七七」之間，好學的精神特別強。我和同學二人一室，共訂有中文報（天津大公報、北平世界日報、北平晨報、小實報）四份，英文週刊二種，經常買的書刊有《生活週刊》、《論語半月刊》、《宇宙風》、《人間世》、《西風》——以上後四種是林語堂主持或顧問的；還有《獨立評論》（胡適之先生主持）、《國聞週報》（天津大公報出的）。從初中一，到高中三，六年之中，房間中訂閱了這許多報刊，這在今日的初中生，恐怕不會有這樣的風氣吧？因為自由，於是我們經常騎了「自行車兒」，去北京大學聽那些名教授的講課。

北大大門四面開

這事情始於同鄉親友中，有一位陳君由湖南到北平，考入了北京大學文學院。北大是允許自由旁聽的，外來的旁聽者，自由出入，大小課室，都可大搖大擺的「霸位」。我們是為了「名流」去的，陳君告訴我：

「你一定要在禮拜五下午，到二院禮堂去聽胡適之的課——白話文學史。」

二院是沙灘漢花園，拐北再拐西的「馬神廟街」，是舊的「公主府」，座北朝南，宮殿式的朱漆大門，北大的第二院，是「理學院」。禮堂是在大門進去左邊拐過去的花園內，中有荷池花壇石山。坐北朝南一大座，可能是公主府的一座殿廳，能容約五百人，後半還有電影園的正面樓座。講壇是二尺高的小戲台，有道通後台（？）的上下場合用的門。胡適之先生的課，因外來旁聽的人太多，所以特別用這裏作課室。

他的課是在下午三點到五點，一連一百二十分鐘。樓下人山人海，陳君囑我早到，他在門口等我，我帶了兩個同學騎車趕到。禮拜五的下午，我學校的課是地理，我經常是不去上的，因為那位老師講到出產時，常常這樣胡說——「番薯產得不少，花生，大豆都有，稻米不少，小麥有一點兒。」

門開處胡博士亮相

二十三年九月初開學，我每逢禮拜六便去西城姑母家度週末。陳君住在他兄嫂家，他兄嫂和兩姪住北院，我姑母夫婦住西院。他的第一個姪兒是我匯文同學，高我一年。他自己是長沙以數學著名，最難讀的嶽雲中學畢業的，考入北大外國文學系是件大事。長沙的中學在省城之中，敢說是辦得最認真最好的，名校之多，也僅次於北京或北平。在高中畢業的，對於新文學革命時期的主要人物，無不非常敬仰，陳君對胡博士，尤其早已心嚮往之，現在正式列入了門牆，他在一年級就選了胡的文學史課，這樣帶了我們去旁聽，後來竟成了習慣。青年人極易互相要好，每禮拜五的下午，便在北大二院見面，一同「看」胡。

小禮堂除北大自己的學生外，大半是外來客，有戴近視眼鏡的五十歲婦人，有他校之教授、教員，男男女女，擠滿了人。大家懷着一種看胡博士的心情，有如看梅蘭芳，看馬連良，看楊小樓一樣。（「看」在北平是習慣用「聽」字的。）

那小戲台上，正面掛了塊長大的黑板，台前一張高大的書桌，旁有一靠背木椅，經常是不坐的，那上下場門在右端。大家坐好等候時間到，聽不見鐘聲，可能因為在西花園的另一單位，隔遠了，聽不到。

大家談天嘻笑，有的靜靜的在整理翻閱上週的筆記。北方學生即使說笑也決不會高聲妨礙他人，或目無他人的。一到「上課時間」了，頓時靜了下來，樓下六百，樓座二百人的小禮堂，登時為之一靜。

這時門開處，出來了一個穿藍粗布長袍的「齋夫」（「校工」，北平叫「齋夫」，沿前清之稱謂），將一大盒粉筆，放在講桌上，然後回「後台」去，帶關了門。

大家還是鴉雀無聲，等候這位名滿天下的「文學革命」首舉義旗的胡博士上場。

過一會，門開了，一位「助教」先生，一手捧了高高的一疊大小不一的線裝書，一手開門，胡先生長袍上加青色背心，御寬邊咖啡色框眼鏡，半短的西式頭，笑嘻嘻地手上捧了隻大皮包和書，一亮相，行了出來。大家並不起立，這是「京師大學堂」的傳統吧？

助教將書放置在講桌上，即刻由上場門退去，如果書不多，便由他在內開門，胡先生自己捧了參考書，有時連同粉筆匣子走出來。

「上一次講到只有白話，活的語言，才能夠作為表達文學的語言。要傳達孔子的說話神氣，他的弟子作的紀錄，就是用的當時魯國的白話。……。你們看！」

胡先生拈起了一枝粉筆，在黑板上用人人一見就知是「胡體」的字，大大的寫下這麼幾行來：——

子曰：「如之何？如之何？」者，吾末如之何也已矣！

「你們看，只有幾個不是虛字？都是虛字！虛字就是表達說話的語調，說話的神氣的工具。孔子說：不說怎麼辦、怎麼辦的人啦，我真拿了他沒有辦法呀！一個人遇到了事情，不說怎麼辦怎麼辦，就是有辦法的人，能幹事情，能做事情的人，是個孔夫子也拿他沒有辦法的人！這真把孔子當時說話的神氣完全表達出來了。這不是文言文、古文能夠辦到的。《紅樓夢》的說白對話，一個人有一個人的聲音、神氣、語調、表情，這才能寫出那麼多不同的人，各色各種的人。……

什麼叫做文學？文學就是：說話說得漂亮，表情表得妙！……是用活的語言寫下來的，不是用死的文字寫下來的。你們有人說：打電報總不能的嗎呢了打許多的字呀，我就打電報也用白話文。前年清華大學沒有校長，提了好幾位先生，我在上海，他們教授會打了個電報給我，我回了個電報：不幹！只有兩個字。一個電報只打了兩個字，下面一個名字，難道還不省錢？難道你們還說貴？」（於是哄堂大笑。）

這是文學史課堂上某次的開場白，隨即開始引用正經唐宋人的詩，作評論，討論意見。如此一連一百二十分鐘不停，那時的胡先生剛過了四十歲不久。

夫子阻於兩粵間

我並不能每週都去旁聽，但有一個月他須到「港大」來領榮譽博士學位（一九三五年），而原定日程是後到廣州，在中山大學演講一週，中山大學的學生，不分院系，放假聽他演講。後來因為陳濟棠要學生讀經（四書五經），他反對，南天王不願意。中山大學有在北大被胡弄走了林損，和林損一派的助教（其中有一位在崇基書院和我同過一年事，以後改中文大學後，搬去沙田，聽說在村莊中噴了點桃花霧，成了笑談）登廣告，罵胡「在香港大學的演講侮辱了廣東人。當時報紙紀錄錯得極多，胡說『禮失而求諸野』，『野』就是非中國民族文化，廣東人不是中國人，胡認賊作父」。

這是小人的傳統辦法，使中山大學校長鄒魯非常為難，怕鬧風潮（中山大學戰時遷雲南，七個學院，有六個學院沒院長，校長不到，由一位掌權的秘書長總其成，大耗其國庫之法幣，可謂有辱中山先生之靈），恰巧這時白崇禧將軍在桂林，打電報迎胡入桂，由李、白、黃（旭初，省主席）將他用飛機接了去，大遊桂林、陽朔山水，他特去廣西大學——他的老師馬君武主持的廣西大學，作有系統的演講。

「你又賣膏藥了！」

胡先生返北平後，寫了本小冊子，是先在《獨立評論》（週刊）連載的，後來印單行本，題名叫做《南遊雜憶》。

他記述先到香港，接受港大的榮譽博士學位，講題就是在北大二院禮堂上課，大家已聽過他的新講稿——「說儒」。他說「儒」是殷代遺民的一種「職業」，替人家辦喪事、讚禮、擬定大禮的節目表和儀注。孔子前便已經有了「儒」，孔子就是源於殷亡後被封的殷故地「宋」的一個家族。不過到了孔子之時，對夏禮、殷禮都已經只部份知道，部份「無徵」——不足徵的了。

他在廣西，李（宗仁）、白（崇禧）和他老師廣西大學校長馬君武，款為上賓，於是將在中山大學原準備的一週全校聽他講的節目，移到了廣西大學，來了一系列的演講。白崇禧實際上是廣西「新政」之首領，李、白、黃請他向省會公務人員和桂軍的官長幹部講演，於是這位在全世界到處演講的名博士，很使廣西學、政、軍三界，受了很深的「自由民主學術思想」的一次薰陶，對「桂系」後來之比較開明，應該是有功效的。

羅文幹（曾任司法行政部長後來出長外交）曾陪胡博士乘兩粵間的輪船，在船上的大廳中，忽然圍了一堆人，在聽一個說廣東話着黑綢衫袴的「江湖客」大聲演說。胡博士好奇，也趕上前去聽。只見地上放着一隻藥箱，鋪了張紙，紙上擺着許多「膏藥」。這江湖客一手舉一帖膏藥，一手揚起，口沫橫飛在宣傳他那膏藥的功用——當然是去風濕，止腰痛，活筋血，順痰氣……。

「這是賣膏藥的，我們廣東最多。」羅文幹過來解釋給他聽。胡博士大笑起來，他記起他的被廣東朋友——好像是王寵惠他們，常常取笑他的一句話：

「適之又在賣膏藥了！」

因為胡博士到處都有人請演講，所以他的廣東朋友這樣嘲笑他，而他以往始終不明白這話的意思。

「現在我真正看到賣膏藥的了！」

長沙臨大文學院

抗戰開始的「七七」事變前，正巧蔣委員長在廬山召開談話會，全國學術文化界的人士，許多被邀去參加會議，其時華北已在塘沽協定簽字後，成了「特殊化」的區域，而冀察的當道和明目張膽住在平津的漢奸們，竟也以「冀察自治特殊化」為有機會「做官發財」。敵人朝夕逼迫，以土肥原為首的日本特務機構，在平、津各地推動工作，製造麻煩，日朝浪人專在平津公開販毒，開煙館，賣「白麵兒」（海洛英粉）。日本軍國主義在當時的作風，大有將日本的一切國格族格賣光的意思。北大、清華、師大、燕京、南開等平津大學的教授，好多都在六月中旬放暑假後，去了廬山。所以「七七」事變時，胡博士他們幸而都不在北平。

戰事一起，第二個月的八月十三日，日本開闢了「上海戰場」，以威脅我首都南京，同時用第一大貿易港作為戰場。政府應付東與北兩大戰場，一方面派胡博士和蔣百里先生等去進行「國民外交」。蔣百里是老德國士官出身的，所以主持歐洲，胡則因在英美聲望高，去主持英、美，他們一同先赴歐，後來胡再赴美。

「七七」事變後，胡博士和清華的梅（貽琦）校長，南開的張（伯苓）校長等人，在南京暫住下來，與教育部商議怎樣拯救淪陷在平津的幾所代表最高學術的大學員生。商議的結果，決定以國立北京大學、國立清華大學，和天津南開大學三校，遷湖南省城長沙，在長沙開辦以北大、清華、南開為成員的「國立長沙臨時大學」。

所幸湖南教育廳長是胡博士他們的老友朱經農（略遲於胡的留美生，又是上海中國公學時胡的伙伴。朱是民初人才內閣熊希齡夫人朱其慧女士的姪兒，原籍江蘇寶山），由朱代覓校舍。租得小吳門外的聖經學校（美國教會所有）及南岳聖經學校，分地安置。

「遷校」，說說而已，實在是等於通知平津的大學師生，各自設法逃出北方的淪陷區，到「長沙臨時大學」歸隊。但在天津的南開大學，因登船容易，所以部份圖書儀器，從南開裝箱上船，搶運了出來到達長沙，居然在年底有了用。

胡博士原是北大文學院長，所以長沙「臨大」的文學院，名義上仍由胡博士擔任，但他從未到校，即後來遷昆明，改國立西南聯合大學後，初期文學院長仍是他。他未到，由清華的文學院長馮友蘭代理。

智者識得重與輕

抗戰的次年（民廿七，一九三八年），胡博士在初秋的七月底，接到政府的特任狀，請他去做「中華民國駐美國的大使」。這是唯一的一次胡先生踏入了「宦途」。

他住在倫敦的一家省錢的小旅館裏，辦上任的手續。大概已定了八月五日由倫敦乘輪渡大西洋去紐約，先一天八月四日天剛亮，他拿這小旅館桌上隨手用的「便箋」，寫了一首「白話新詩」，寄給在淪陷的北平的八道灣「苦雨庵老僧」知堂老人（周作人）。當北方淪陷之後，北大校長蔣夢麟由南方去電（其時電報郵匯從未斷過），職教員凡能走者，都去長沙臨時大學集合，其因老病、家累不能離去脫身者，暫留在北平。校方承認的「留平教授」——北京大學的是四位：

周作人（豈明、知堂），孟森（心史），馬裕藻（幼漁），馮祖荀（漢叔）。

周是中國文學系教授、東方文學系主任；孟是史學系教授、明清史大師；馬是中國文學系主任；馮是理學院數學教授。

因為周作人日本文、日本話都流利，又是在日本聲望最高的中國文學家、學者，有事出頭，都推周出馬辦交涉。孟不久病了，後即棄世；馬是個怕事的人；馮是個數學癡，人神神的，妙事頗多，自然而然歸了周作人為首。

周豈明這時負責兩個大小家庭，另住的他和魯迅與今日紅朝紅員周建人三兄弟的母親，與魯迅的元配夫人周的大嫂同住；八道灣大屋，住了豈明夫婦子女，周建人的元配太太和子女——建人的太太是周作人夫人羽太的親妹妹，這日本兩姊妹，嫁了紹興周氏二三兩兄弟，所以她是豈明的小姨兼弟婦。周建人並不如乃大兄之以左派名，在上海商務編譯所做自然科學的編輯，卻將元配夫人和子女棄在北平老家，交給他二哥贍養；魯迅和元配朱氏從開始就不睦，魯迅當年獨睡，且特別在寒冬少蓋被，睡硬木板床，為了減少自然會有的性之慾望（大有「清教徒另一派」的作風），將這朱夫人不託之託，當然由二弟負責養活。至於三人之老母「魯老太太」，那更應該是「周作人的母親」了。

所以這個「老僧」（實則不過五十零歲），有「一家老小」。應了他五十自壽詩「常說出家今在家，且將袍服當袈裟」的兩句。

胡博士八月四日在倫敦，是否知道北大當局已指定「留平教授」四人「護校」，不得而知，沒理由蔣夢麟在長沙，與胡通信時不提起的。但也很難說，蔣或者「懶得提」這些事也不一定，而且因為蔣在「七七」前到廬山開會，變起倉促，連「北大校印」也沒帶走，終於後來「偽北大」用「真關防」；在長沙及昆明八年的戰時北大（三校合為西南聯大，但研究院與非聯大所聘之北大教授，仍由三校各自「出糧」；再研究院是分開的），倒反而是用的在南方倣製的「假」印。

胡博士用旅館便箋寄周作人的白話詩，是這樣的：

藏暉先生昨夜作一夢，
夢見苦雨庵中吃茶的老僧，
忽然放下茶盅出門去，

飄然一仗天南行。
天南萬里豈不大辛苦？
只為智者識得重與輕。——
夢醒我自披衣開窗坐，
誰知我此時一點相思情。

一九三八、八、四。倫敦。

博士顯然極愛重他的「豈明兄」，怕他留在淪陷的故都，會被日本人扶持了當漢奸。但苦雨庵的老僧在抗戰開始一九三七年至三八年的一年裏，正翻譯了一部亞波羅陀羅斯著的《希臘神話》（此書係文化基金會編譯委員會出資作譯費的，書稿交去後，該會先遷港，後遷昆明，後竟不知下落，晚年周又重譯過）。一九三八下半年，周在燕京大學每週教四小時的書，給了他「客座教授」的「尊號」，正是胡寄詩到達之時——路上走了一個多月，所以離當「文化漢奸」還早。

海天萬里八行詩

周接到詩後，也做了一首白話詩答寄（當然不能叫「奉和」了）。因聞他將赴美履新，所以照胡的來詩示意用「胡安定先生」之名，寄華盛頓中國大使館。不意躭誤大使館中，經過了一年多，才無意中由「胡大使」發現了，拆開來讀，容下再談。

周豈明的答詩云：

老僧假裝吃苦茶，
實在的情形還是苦雨，
近來屋漏地上又浸水，
結果只好改號苦住。
晚間拼好蒲團想睡覺，
忽然接到一封遠方的信
海天萬里八行詩，
多謝藏暉居士的問訊。
我謝謝你很厚的情意。

可惜我行腳卻不能做到；
並不是出了家特地忙，
因為庵裏住的好些老小。
我還只能關門敲木魚唸經，
出門托鉢募化些米麵，——
老僧始終是個老僧，
希望將來見得居士的面。

廿七年九月廿一日，知堂作苦住庵吟，
略仿藏暉體，卻寄居士美洲。

原來大使館不知胡大使有「暗號」假名字給淪陷區老友，故不知「胡安定先生」是誰，信到積壓存之，一年多後始得達覽。

博士在讀了「卻寄居士美洲」的答詩後，於民廿八（一九三九年），十二月十三日，寄了另一首「七言絕句」給知堂。詩云：

兩張照片詩三首，今日開封一惘然。
無人認得胡安定，扔在空箱過一年。

一九四九年知堂出獄在上海住了候車北返，先年冬博士由政府派專機自北平接出（時北平已被共軍包圍），不久由北平到了上海。老人託王古魯代為致意，勸胡留在國內，「雖未見聽，但在我卻是一片誠意，聊以報其昔日寄詩之情，今日王古魯君也早已長逝，更無人知道此事了。」（引《知堂回想錄》的最初版，下冊五〇二頁。）

戰後博士出任北大校長，有一天我得了一幅舊宣紙，拿了到公主府的校長辦公的大內院，去看「校長」。我將紙送給他道：

「胡先生（這是我一直對他的稱呼），我想請你給我錄兩首新詩，我抄了稿子在這裏。」我將胡周二位的白話詩稿交了給他，他一見詩稿，笑容收歛起來了，向我作不大願意的神氣說：

「寫這個做什麼？你們真是……，哼，好，放在這裏。」

但以後再沒有下文，我卻失去了一張好宣紙。

親跋紅樓夢圖詠

改琦（七薌）為清代仕女畫家之傑出者，工筆細膩，傳神毫端。其最著名者，有《紅樓夢圖詠》四冊，為其「醉心悅魄之作」（改之弟子顧春福以此稱之），清末照原畫及諸家題詩木刻精印，刻工之細，雖草行書之點劃，亦纖毫不苟，誠藝林之佳製也。

四大冊計第一、四各繪十二人物，第二、三各繪十三圖——第一冊人物十一，其第一圖為「通靈寶玉絳珠仙草」，合共人物四十九。每圖後有嘉道南北名士之題詠，或詩或詞，皆為諸家手書，篆隸真草無所不備，有多至五六人詠一圖者。

余初見此圖於衡陽江東岸楊氏花園，欣羨無極。民三十五年返北平，遊東安市場之丹桂商場書肆，其時北方「偏枯」，戰後舊書冊堆積如山，雖極賤而問津者少，皆惶惶然為稻粱謀，無暇及於文物之搜集也。此四冊於無意中發現，遂以一個半月之伙食費購之，不記其為幾千百萬元矣。

四冊用綠花蠟箋裱白綾縹精裝，玉版紙黑紅套印，中鑲連史紙胎葉。時余方居沙灘北大之紅樓，獲「紅樓學士」後，購得是圖，驚喜交集，乃攜之至紅樓後西北角之校長辦公院，請適之先生欣賞。先生一見即曰：

「難得難得，我見過的，但我沒有買到，放在這裏讓我慢慢看看。」

余求先生曰：「能給題幾個字更好。」

先生笑而諾之曰：「一定要細讀細看過才能下筆寫點什麼……。」

此三十五年殘臘事也，不數日辦公室校工來叩余室，已題跋送還矣。

先生發現最早之題詠為嘉慶二十一年丙子，改琦作圖大概在嘉慶二十年（一八一五）前後，蓋改氏死於道光（一八二八）也。愚意以為作圖未必即在最早題詠之先一年，或先二三年亦有可能。胡先生跋語云：「其時去石頭記的第一個百二十回活字本初出，不過二十五六年。此最可以顯示這部小說流行之速與感人之深。」蓋活字本之前，紅樓夢只有鈔寫本，尚未流傳於世也。

先生為紅樓夢考據「既開風氣又為師」的大師，跋此圖詠便能見人所不見，先生於科學的考證信仰之篤，雖一小跋亦不隨便着筆，誠「出言惟真」之導師也。

胡最識得「重與輕」

抗戰勝利後，人們都有這種心理——即政治之為物，玄妙之至。七七之初，反對「不可輕易與強過我者作戰，否則可一舉而亡國滅族」的一派（吾湘F．T．蔣博士，即最早在廬山談話會中，作此主張者），到了審問漢奸時，當然都忙着改了口風了。

胡適之先生是主張「既然逼到這一步，也只好打了」的人，他在倫敦候船去美國華府履新作駐美大使時，忽然想起了淪陷在北平的周作人——苦雨庵老僧，要他「智者識得重與輕」，千祈不可「落水」，是胡的好意，也是老朋友應有的大忠厚處。他寫詩寄知堂，老僧答之以白話時，原是中國文學史上一大美事。我請胡校長給我寫下「胡周唱答二詩」，不過作「收藏」之用。可是博士卻不大歡迎，認我為「多事」，因為其時周尚關在「老虎橋」監中也。

但「胡校長」代友人與周的家屬，於其從北平至南京、上海帶衣服或吃食轉給「老虎橋」內一老僧，卻是樂為不拒的。士大夫對許多事物為之而不欲人知之，士大夫一遇動亂，便生怕捲入是非渦，古今如出一轍。

太「撇清」太「避嫌」了

戰後的北大，接收了前「國立北平大學」的醫、農、工三院，成了個六學院的大北京大學，順理成章，蔡元培早死了，蔣夢麟又去做官去了，由在美國的胡適博士出任校長，乃是「天經地義」。傅斯年受命接收「偽北大」，便是為乃師——最捧他的老師打頭陣、鋪路。「傅胖子讀通了中國書，如虎添翼」——這是陳衡哲（北大第一位女教授，夫婦皆胡在美的好朋友）女士在我少年時，親自在昆明青雲街她的公館的小花園走廊上告訴我的。傅斯年（孟真）將北大接收好了，安頓了胡適之先生來做「現成的校長」。幾乎全已安排妥當——連校長室的秘書，也用了史學系教宋史的鄧廣銘（恭三），鄧是傅孟真和孔子的同鄉，山東人。

胡博士做了那麼大一個北大的校長，連自己校長室的秘書，也不肯、不能用一個「私人」，可見博士太「大公無私」了。他平生最喜英美式的文官制度，奉公守法，但他如此之「撇清」，如此之「避嫌」，則未免太超乎英美之大公無私了。適之先生常誇說「安徽出的思想家，多是轉移一時風氣的斷代大人物」，「五百年必有王者興」，他是喜歡朱子（皖人而生長福建）的。

假如要我作老實的「評傳」，胡博士的個性、為人，不宜於作大學行政首領的校長，在這方面，反而不如那有「清華傳統」的清華校長在位最久的梅貽琦。論學問，梅沒有，論聲望，梅不及胡在國際、國內十分之一。論能作「眾心之軸」，調和不同的人緣，則胡亦過於梅。然而梅卻只憑清華所規定的「評議會」和「教授會」之立法，將個清華園治理成為典型的「自由民主共和大學」，而吾「國立北京大學」，非但不及，且瞠乎其後矣。

這當然因為清華似一個由歐洲殖民地演化而成的沒有舊傳統負擔的「合眾國」；而北大則是一個戊戌後設「京師大學堂」；加上「譯學館」、「仕學館」、入民國之「北京大學」、

「大學院制之北平大學」……再「北京大學」的英國式的有太多傳統的「老大帝國」。但戰後北大發了接收財，在胡博士平生「聲望達到最高峰」（民國三十五年至民國三十八年——一九四六至一九四九年）的四年中，胡適之先生原可以將北大的舊傳統很容易很輕便的加以清除，建立一個絕對新鮮的中華民國勝利後的「太學」的。可是胡氏連想都沒有想過，他忙於作「第一名流的活動」，飛南京討論行憲，飛上海為教育文化基金董事會開會，飛南京住在中央研究院替朱家驊、傅孟真等參加主意，必要時受傅之託，向當局開口，受朱之託，向別方面阻撓者開口，當然他也在中研院內「話事」；也向科學文化最高建設者出好主意。可是他到底是——「國立北京大學校長」呀！

陶希聖雪夜勸駕

在南京的內閣，山雨欲來風滿樓時，在美國受到「民主人士」、「中共外圍公司」和「周恩來的迷幻藥」麻醉與迷惑時，中央一變打算請「胡校長」去做「胡院長」。大概先請由北大訓導長而被朱家驊任為「長春大學校長」不能到任，改而到南京去做「青年部長」的陳雪屏先生到北平「先容」，隨後派了老北大的政治系主任，與胡博士「平生風義兼師友」

的陶希聖先生，專飛北平「徵詢意見」，胡最後拒絕了。茲引陶先生自己寫的追悼胡先生的一段話：

三十七年十一月，我（陶自稱，下同）到北平，與胡先生好幾次見面。十二月初，我奉命再到北平，邀他到南京，任行政院長，全權組閣。在一個風霜之夜，我到東廠胡同他的住宅，在他的書齋裏長談。他告訴我：他有心臟病，不能勝任這種繁重的職務。他說：像孟真、大維（按指俞大維），都可入閣。我說：你何不選任他們二人之一為副院長，將日常的院務交給他做？他說：我不擔任這一職務則已，擔任了就要負責任，不能推……。

胡在一九六二年二月二十四日（現作此文時是二月十四日的丙辰元宵，還有十天，便是胡先生逝世十四週年祭。）的台北縣南港中央研究院的蔡孑民堂正廳內當中，突然倒地不起，患的正是他多年隨身的心臟病。陶先生這次的邀請，沒有成功。

胡氏對北大的負責，是作為唯一的一個重心地位的，他繼續告訴陶先生：「我不打算收拾書籍，就這樣散在那裏，我決意不先走。我一動，學校就散了。」

他真沒有先走，直到北平被林彪圍了城，中央派飛機飛到城內舊東交民巷之東的八國練兵場降落，才搶救了他飛到了南京，那已是最後一刻鐘了。同時被搶救出來的，有史學家陳寅恪先生、北平國立圖書館長袁同禮等人。

胡先生是一個只能做做富強安定國家「太平宰相」的人物，如他在康熙年間之後半期，乾隆年間之前二十五年，都不失為一個好太平宰相。如果在雍正的一十三年，對全國大事改革，大做一番事業之時，他也做不成「名相」。他只在「白話文學革命」、「堅持走英美式的民主、自由的路線」、「國民必須權利義務分得清清楚楚」、「做學問應循科學的正軌」等方面，是個「堅定的革命家」，要他出來安定亂局，要他出來旋乾轉坤，那未免看錯了。但胡先生了不起處是他有「自知之明」的「明」。他不答應陶希聖先生奉命專誠雪夜來一訪數訪，他只將他先人之遺稿和他心血之作的《水經注稿本》交給陶，請他帶交給傅孟真保存，而自己與北大幹到最後一分鐘，這是他之「明」，當然他決不是「畏」，因為守在朝不保暮的北平，當然比守在南京行政院長辦公廳，危險多了。

他在三十七年底，也正是他送陶返京時，以「苦撐待變」四字勉勵華北軍民，個人則撐到北平陷落之前夕才被接出南飛，接着便赴美講學。他是史學家多過文學家的人，他看定了「天下有變」，多替民主自由的中華民國保存一分元氣，便不失為一個學者「報國」的真誠了。在我們的國家風雨飄搖時，他居美國，極不得意。美國親中共的一些學閥——其中多有早年利用他「提拔」、「援引」的美國學閥，如費正清之流的「排擠」與「壓力」，這些經過，都在後來影印的、刊印的他在美國給他老友趙元任的信件中透露出來，在以前，是沒有人注意到也沒有人知道的。

他有過一句名言：「人說留得青山在，不怕沒柴燒，國家就是我們的青山。」胡在大節上決不苟，這是他的人格表現。大節不踰，小節出入，他是尊重他自己的主張，他是最有他自己的主張的大師。

和任氏夫婦的交誼

誰都知道，適之先生早期在美留學時期的好朋友，除了和他同榜考上清華第二屆留美的語言學家趙元任博士以外，他在美最接近的朋友是當過中山先生大元帥府秘書、秀才出身的任鴻雋（字叔永）先生；和清華第一期派送十名女生留美的陳衡哲女士。我和衡哲「先生」是世交，她祖父陳梅生在民初出長衡陽的船山書院，是由「財產董事」我曾祖父的聘請，因湘綺老人在民國五年丙辰捐館，湘綺又是船山先後多次的「山長」與「院長」（民國改稱「院長」），老人不在後，湘南紳士負責船山的，便由我曾祖端毅公聘了衡山陳梅老。衡哲女士是衡山的原籍，梅老的孫女兒，可是我並不知道這層關係，我認得陳衡哲女士是胡先生無意中介紹的。以後我作了她家的「小朋友」，直到戰後在上海見最後的一面。我知道的是任叔永先生與陳的婚姻，是胡博士促成的，他覺得這樣一位對生活方式有獨特見解的女才人，婚姻不可有誤，他對任、陳同是知交，所以促成了這段姻緣。衡哲先生是紐約瓦薩女子大學西洋史學系畢業的，隨後到芝加哥大學讀英文文學，得了文學碩士學位。正要讀博士時，北京大學在蔡元培校長開風氣的大計劃中，決定打破過去國立大學的限制，聘請第一位女教授，陳「先生」膺了此選，便回國做了北大的第一個女教授，教「西洋史」，還兼了英文系的課。

勞榦兄、姚從吾師他們全是陳班上的學生，聽說王雪艇（世杰）先生為稱陳為師，可就不知是什麼淵源了——可能是郭秉文長東南大學，任叔永作副校長時，陳衡哲到東南大學做教授時的學生？我對雪艇先生只知他留過英，其他不詳。

適之先生在一九六二年二月二十四日在台北逝世前，有過一封信告訴我任先生在上海去世的消息，信中稱陳衡哲為莎菲女士，是先一年十一月的事。為此我輾轉由在美當史學教授的任陳的大女兒任以都，轉了一信至上海，衡哲先生已經眼病極深，由其次女以書（也畢業瓦薩，因母親眼病無人招呼，由美返上海的）代筆。以都知我通了信，非常高興。及至胡逝世的消息傳到美國，以都趕來一信，囑我：

「無論如何不能讓好娘知道，你一定要瞞着她。你知道，胡伯伯是好娘和爸爸平生最好的朋友，這消息決不能讓她知道！」

我以後因寄大陸信，容易使收信人麻煩，便沒再去信了。現在衡哲先生可能已經作古，可能仍在。我所知道的任陳夫婦，以後當再在有機會時寫了出來。現在美國的以都，和任陳的獨子地理學家任以安教授（他最小，我初見他時才六歲），他們都相信我是他們的「好娘」（他們叫母親的習慣）最歡喜的晚輩，幾乎公私事情，都交給我代辦的。我寫衡哲先生印象記，他們也必認為是可能「唯一的」最適當的人。但我至今覺得最難下筆的，反而是任陳的印象記。（註：陶希聖先生輓適之先生：「平生風誼兼師友，一代儒林失棟樑。」是所有輓聯中最能切合生死二者的關係的一副。）

他拒絕由後門入英國

適之先生一眾學人的「愛國」，與時下一般人不同，他們從不放在口上說，只用行為表現。任叔永先生家的三個兒女，遠在七七之前（時只大女兒讀中學），使養成了文具用國貨的習慣，例如鉛筆，全家沒一枝外國貨，都用當年唯一的「中華鉛筆」。適之先生呢，我親自有過一次經驗。某年香港大學有個中國近代史的「講師」出缺，我想謀此職，便寫信給正住在紐約的胡先生。他覆信給我說他拒絕了牛津大學的特別講座，為的不想從英國的後門進入英國。（因英國是最先承認中共，與我中華民國斷絕邦交的國家。）港大是英國大學，如寫推薦信，他「雅不願意」，要我原諒他的用心。假如實在要，可在應徵信上寫他作「諮詢人」，「讓他們來信問我好了。」

從這件事情，我深深地感覺到胡先生之真愛國，就在替國家爭面子，決不在外國人面前失格——國格與人格！這是許多留學生，或「辦洋務」的人所無法想像的。中共最罵胡先生的，大概也不知道胡在這種「大節」上，不後於臭罵了幾十年「帝國主義」的中共吧？

「忠厚」和「仁義」，本是中國人固有的善良的道德，中共製造了另一個標準，視這些起碼的道德是封建的罪惡。當「胡適思想批評」和清算胡適用科學考據方法考據《紅樓夢》時，中共發動了全國的學人起來作專文痛詆。周汝昌的《紅樓夢新證》，一時風行，但不該用的是胡適之的考據方法，以致周一度受到清算。但胡先生在給我的信上，提及周汝昌時，對周書歡喜的了不得，知道周書之中用了不敬的字眼——如「胡適之流」，是周逼於環境。因為周的書，其中多章是先在《燕京學報》上發表的，戰後周向胡借閱《乾隆甲戌殘本紅樓夢鈔本》，胡對此書，在那時以前，從不借給人的。可是胡慨然借與，周得到那最早的「脂硯齋重評本」，才有那麼多的「新發現」。所以胡知道周汝昌的環境，他生怕周被下放或遠戍，殷殷垂詢，要我一有消息就告訴他。這就是忠厚的存心，也是一個師輩應有之「義」。

俞平伯在寫到紅樓夢新論文時，提到胡氏處用「某君」，胡先生在信上告訴我：「這就是平伯不忍罵，不肯罵……。」凡此在今日思之，都不能不令人肅然起敬。他對他的舊友舊學生是那樣的「誠敬」，而任繼愈之流為了迎合「領導上」的意旨，「承歡」領導上的色笑，在他所出版的「哲學」書上，不惜否定「胡校長」的一切，真令人不得不有「此儒之所以可阬也」之感。還記得一九四七年羅常培初從美國返北平，住在北大紅樓西鄰的「東齋」內教授宿舍，和他太太作「王寶釧寒窰十八年的重逢」（羅其時當眾說的），北大羅的學生——有副教授、講師、助教各階層的「北大人」，我和夏濟安兄一道去的，其時我半週在天津南開史學系教課，半週回北平聽童芷苓、葆苓、趙燕俠、張君秋、荀慧生、李洪春、譚富英。任繼愈就在座，一批批在羅家喝茶談天。任繼愈就提到「聽說胡校長要請老師（指羅）復辟？」羅忙大笑告訴大家：「胡先生這話，你們都知道了？」任繼愈之流，向羅大誦其「胡校長出長北大」的用人行政，太過份地大公無私的話，我就是親耳聽到的。

「復辟」是指擔任「中國文學系主任」——北大傳統稱「國文系」。羅在戰前代過「國文系主任」，代的就是胡。到昆明後，羅仍是北大的系主任（為了研究院），但聯大的中文系主任卻是朱自清（原清華的）。羅從昆明被聘去耶魯作研究並教課，直到戰後一年半始回國。胡向羅玩笑說「復辟」吧，是因為胡任校長時，兼了「中文系主任」的。（而且還和毛子水先生一同授史學系的「史學方法」，胡氏似乎上過一兩次課，都由毛氏負責，而毛氏又是圖書館長，也極忙。）

為《獨立論壇》生了氣

現在我要談到《獨立論壇》的創辦和它短命的經過了。

當《自由中國》被查封發生了雷震一案時，胡是該雜誌的發行人，但他遠在美國，編務全由雷負責。事情發生了以後，他從美國經日本停留了兩天，回到了台北。這是新聞，很哄動了香港、日本、美國。香港新聞界有位多才多藝的編者梁君，在中環遇到了我，笑對我道：

「你快去登記一個自由中國雜誌，在香港出版吧！這是生意！」

我知道我的一個學生的父親陳先生是做報刊印刷的，常和那時的「華民政務司」（今已改「民政司」）的報刊雜誌登記處有關係，便於當夜往訪，約定次日同去取表格填寫。次早我們去取到表格，便馬上填好登記了。報刊雜誌的登記費是在批准後繳納，須一萬元。我沒有這筆錢，卻登記了再說。

隨後有位學校的同事周先生，介紹了一位能有廣告的生意人給我，說可以弄到廣告作開支，但只請我做總編輯，社長、經理由這位周君介紹的王君負責。時為一九六一年，印刷紙張皆極便宜。所謂「寫字樓」，便租到中區人家的寫字樓中的一張大枱子。王君則出那登記費，反正不辦時可以在六個月後領回，而且每年還有一點象徵式的利息。

我在登記後立刻寫信去紐約告訴胡先生，我很天真，以為台北關了門，在香港出版好了，有什麼了不得的。胡接到信後，嚇壞了，來了一封電報，囑我「決不可用『自由中國』之名，餘詳信」。第三天就收到他的信，可以說是我從來沒遇見過，也沒聽到過像胡博士這樣一位和氣一團、十分周到，最要別人叫好喝采的人，會「動了真氣」。他警告我，辦雜誌他管不了，決不可用「自由中國」原名。我一想，「這一來，生意豈不完了？」辦這類雜誌必須有一筆大錢賠蝕下去，永遠不會夠開支，更不會賺錢的，那時我完全不懂，只知梁君所說「生意來了」是一個好機會——即所謂「做投機」是也，今日思之，當然可笑，但那時卻完全沒想到。

我覆信仍用「封建的禮貌」，求他放心，不用《自由中國》，那不如恢復《獨立評論》好了。這一來，他比較放了五分之一的心，但來信告訴我當年辦《獨立評論》時，寫稿的朋友們是如何不要稿費，而且排字、紙張、印費是如何的便宜。隨又作「勸導」的語調說：用什麼名字不好，為什麼要再用「獨立評論」呢？「你們真是……」。

對《自由中國》之關門，記得他和後來返台北答覆記者朋友們的話差不多，「停就讓他停了吧」。我不得已，便再寫信給他，我說：「前天去港大圖書館查到了幾本舊《獨立評論》，發現底面有它的英文名字，是『Indepedent Forum』，這第二個字當評論解固然可以，當論壇似乎更妥當。我想叫它作《獨立論壇》吧，不知吾師能同意麼？」

他立刻回了一信說很高興，他囑咐我：「你們寫你們的文章吧，不要再登我的舊文章。」我讀了那封信後，對他先時的「發火」非但忘了，而且內心很覺得太對不住這位七十老人。我決定：「好，不辦了！根本取銷吧。」

我和王、周、陳三位茶敘，他們不贊成，說既然已經不妨礙胡先生，就辦個《獨立論壇》好了。但這一拖，拖到了一九六二年的二月初，才將第一期的稿子弄齊，已經付排時，二月二十四日這位自由民主的迷信者，這位新文學運動的「文學革命者」，這位「難找替人」的各國公認的「中國新文化的大師」卻在中央研究院的蔡元培紀念堂的正當中，倒了下去，就這樣離開了「自由中國」。

「決定出版！」我在獲得噩耗後，去到印刷所取校樣，在天星輪上，我茫茫然如同失去舵的一隻小船──「啊！原來他才是我們的舵手！自由民主科學新文化的舵手！」

但半月刊只出了三期，而且還逢到大陸逃亡潮的飢民做了一次封面。《獨立論壇》四字，我用了「道因碑」的集字。胡先生信上鋼筆寫的這四個字的行書，也影印放大製了版。用這「論壇社」的名義，我編了一本《胡適博士紀念集刊》，將台北各報刊的追悼、懷念的文章，和輓對、相片，都集在一本，現在早已成了絕版書了。

為這雜誌還有一個小小的插曲，是後來註冊處的官員說出來的。當我上午填好了登記申請書後，左舜生先生在午後到那裏要登記《自由中國》雜誌，負責官員告訴他：「這名字已有人登記了。按法例，不得用同一報刊名字再登記。」左先生大感詫異道：「比我還快？是誰？」

但後來沒用《自由中國》的名字，也不見再有人去註冊了。我和左先生雖同鄉而從無機緣認識，只有一次同坐隔席參加一個宴會遙遙望見他的丰采，不久左先生也就棄世了。

跋

程鼎一

二〇〇六年夏天，我從日本東京調回香港集團總部，在企業傳訊部任職，開始跟報界傳媒打上交道。閒談間，提起先父是早年報人的故事，曾先後在不同的報刊雜誌撰寫專欄筆耕不輟，一直到九十年代初才淡出。於是，「這個程某是『今聖嘆』的兒子……」，在老一輩的報人文人中傳開，一下子多了世叔伯大姐長輩跟我相認，讓我在朋友圈中平添了不少文藝氣息。聽這些長輩講起先父的點滴往事，很多都是我不知曉的。

從小我跟父親的關係並不親密。父親是舊式傳統家庭的嚴父，又有恃才傲物的文人脾氣，再加上年近五十才生了我，父子倆聊天大多是我恭敬地聆聽他說話，講些人物歷史的掌故。對才十來歲的小孩來說，有些人物的名字是曉得的，更有些是在學校的中文教科書裏看到過的作者，總覺得父親怎麼可能認識這麼多的近代名人呢？應該是所謂的「文人多大話」吧。直到有一天，父親帶回家一本剛出版的書，書名是《新文學家回想錄》，才知道原來父親講的人物故事都是真的。

七十年代中，正值我小學五、六年級，暑假比較空閒，常常要幫父親把寫好的稿件送到報館，一送就是好幾家。從家裏出發，先是走路到中環結志街，送到真報的排字印刷房；然後跳上十四座公共小巴，在北角新聞大廈下車（當時是星島報的辦公大樓），到橫街對面大樓的明報，然後上電車回到銅鑼灣，再送到在邊寧頓街的星報，那就差不多大功告成。有時候還要跑到附近的燈籠街街市，買點菜才搭巴士回家，那就可以拿到兩塊錢的零用，算是很不錯了。

八十年代中，大學畢業後進了航空公司工作，上班的第一天，人事部問我的英文名，我說沒有；他們有點為難，說我們這裏都用英文名，可以取一個嗎？我想起大學的外國同學都跟香港同學一樣，叫我「阿鼎」，英文寫成Daine，就這樣吧。後來發現大家以為是Diane的手誤，把我搞錯成女士。一次剛好父親的老朋友，哥大教授夏志清先生到了香港，我們一起午餐。我向夏叔叔請教，他很輕鬆的說，把i拿掉叫Dane就好了，有大詩人就叫Dane的！我想留美大學者應該不會錯的，就這樣到了二十多歲才正式有了一個英文名字。

前一陣子，沈西城先生來電，說有上海的刊物請他寫一篇關於父親的文章，想找我拿點材料。我把父親早年唯一結集出版的一部舊書《新文學家回想錄》帶給沈兄，沒想到當年七十年代的「文化·生活出版社」，正是沈兄工作的地方。在座的還有鄭明仁老哥，大家聊起書中名家的舊事，覺得應該再版，給讀者重溫。

我從畢業後一直在商界工作，與文藝出版無緣。這次蒙熱心的前輩們為父親的舊書重印，而且坐言起行，非常感動，也很感謝他們的愛戴。一九九七年八月父親去世後，我整理他的舊物書件。看到不少舊書應該很有價值，想着放在自己身邊，恐怕埋沒了可惜，便請中環的神州圖書公司來收，講明一分錢不要，只希望有緣人找到，可以保存下去。另有些老信件是他多年一直帶在身旁，後來也跟着我飄洋過海，搬過不少地方。今天有機會拿出來，趁「回想錄」再版，和有心人分享，應是能告慰父親吧！

二〇二一年元旦於香港

附錄：《儒林清話》剪貼本的故事

黃俊東

大約是六十年代初，我開始在南北行的志昌行工作，偶然讀到當時的《新生晚報》副刊上有一個專欄：《儒林清話》，執筆者署名「丁世五」。那時候當然不知道是誰的筆名，我只喜歡他談現代作家、學人的逸事，從文章中得知所談的人物均為他大學時代所親眼見過，有的還是他在北大的師友。他把所見所聞或有交情的人物軼事，娓娓道來，十分親切有趣，難得的是他亦有其獨特的見解，所以每個被他談過的著名人物，十分吸引我的興味，欣賞不已，每天一篇，我讀後都加以剪存，後來停稿之後，我自己貼成一本剪報集，並親自裝幀成冊。由於當時我正在蒐集三十年代以來的作家資料，所以特別珍惜這個剪貼本。我在南北行過了二三年，對於學做生意的事毫無興趣，不幸還染了肺病，治療和休養了好幾年，避居道風山上，那是我讀閑書最多的時期，直到一九六五年秋，才下山進入《明報》工作，一直做到一九九四年二月退休。

七十年代中，由於專代理西書生意的朋友余志剛，突然有意出版一些中文書，他邀請友人戴天主其事，看來計劃甚多，但規模不算大，故戴天僅找了翁靈文和我共三人，以余先生的又一村辦事處作為編輯部的大本營，由於我們三人各有工作，因此出版的事只能安排在星期六及星期日工作。我們出版的計劃頗大，既有嚴肅的文化和文學的論著，也有較通俗性的文學作品，並且用了幾個不同名字的出版社，分別出版各種不同性質的文集，其中叫「文化・生活出版社」的，出版新書最多，好書亦不少，例如董橋的第一本文集《雙城雜記》、張愛玲的散文集《張看》、《余光中自選散文集》，還有胡菊人、林燕妮、簡而清、三蘇等等，總數有十多種。但我想說的卻是早年我親手貼成專冊的一本《儒林清話》，我深知是一本值得出版的好書，我又知道翁靈文的兄弟都與丁世五認識的，所以我把剪貼本影印了一份，請翁靈文詢問作者是否願意給我們出版成專集。

原來丁世五沒有剪存自己已發表作品的習慣，他喜見有人為他剪貼成冊又想印行單行本，自然一口答允下來，於是他再補充了一篇長文〈不廢江河萬古流——記念胡適之先生〉（他是胡氏喜歡的學生之一）以補篇幅之不足。又特別撰了一篇〈採稆文存自序〉，書名改為《新文學家回想錄》，《儒林清話》則作為副題。作者也改署「今聖嘆」，這是他較早所用而又較受人注意的一個筆名。不過當時翁先生沒有告知他這本剪貼本的由來，只說是從《明報》資料室影印來的，其實《明報》資料室只存有《明報》自己的合訂本，那會保存《新生晚報》的合訂本。今聖嘆在自序中說他從來未剪存已發表的舊稿。他北大的師友如夏志清、柳存仁、徐訏等先後都曾叫他集舊稿出專集，他皆敬謝不敏。他雖然自謙云文匠之技，粗製之作，若「集而成書，出之辱也」，這未免言重矣。其實他沒有存舊稿的習慣，要出書實在拿不出舊文稿而已。所以當我把這本剪貼本請翁先生呈上時，並告知可以立即排印出書，條件是答應由我們印行，並賜一序放在書前。作者因不用費神去找舊稿，自然立刻答應了「文化·生活出版社」的要求。這就是為何作者多年來寫了「何止千萬言」，而晚年僅留下這一本頗受讀書界歡迎和好評的《儒林清話》。書名改為《新文學家回想錄》可能是為了生意眼由翁靈文提出的，戴天和我自然不會反對，所以通過採用了。這部書內容豐富，人物寫得有個性而生動，果然出版後反應甚佳，今亦不易得到矣，在我來說真是十分高興。我一向喜歡新文學家的探索，才有這本資料性的作家集作為參考用的剪貼本。老實說，作者用另外一個筆名「一言堂」在《明報》的專欄裏亦發表了不少好文章，但因為不是專攻新文學的範疇，故我並沒有剪存，否則也會呈給他而為他出版的。這樣看來，我對新文學研究亦算做了一件好事。我的《儒林清話》剪貼本就是一個證明，這是令我感到高興和欣慰的一件往事。不過有時想起今聖嘆先生，不禁百感交集。今聖嘆，一名丁世五，一言堂，當然都是筆名，他原名程綏楚，字靖宇，以字行，湖南衡陽人，生於一九一六年，卒於一九九七年；他先後在北大及西南聯大讀書，頗為胡適所器重。自大陸變色後即移居香港，初時重操舊業當老師。後來至一九五一年秋，何明華會督及英美加等教會聯合創辦了「崇基學院」，程靖宇即在學院中教授歷史兼任圖書館館長，不久又開始寫作，在各大報章中發表作品，他自言「但求採稆得外快，不求聞達於士林」（見〈採稆文存自序〉）。及後數十年來一直靠寫作為生，他曾娶一位日本女子為妻，晚年生活淡薄，死後其書物流於書攤中，見者為之嘆息。

今年（編按：二〇一二年）三月間，偶讀《大公園》的《文史叢談》專欄，見有馮進先生寫的〈文壇逸話〉，談的正是今聖嘆的這本小書《新文學家回想錄》，馮進先生對它頗為好感，可以說推崇備至，最後云：「從頭至尾，作者將自己的親歷親聞，所思所想如實道來，難得的是一個『真』字。」由於此文，我知道文化界不會忘記今聖嘆這個人物，更不會忘記他唯一的這本有名的小書，遂寫下這篇出版由來，並紀念吾友翁靈文先生。

新文學家回想錄
——儒林清話

作者：今聖嘆
書名題簽：金耀基
封面設計：馬志恒
責任編輯：蒙憲

出版人：吳思遠
出版：銀匯有限公司
地址：九龍彌敦道328號儉德大廈12樓H座
電話：(852) 2385 6125
傳真：(852) 2770 0583
電郵：siyuan@netvigator.com
發行：香港聯合書刊物流有限公司
地址：香港荃灣德士古道220-248號荃灣工業中心16樓
電話：(852) 2150 2100
傳真：(852) 2407 3062

版次：二〇二一年一月初版

國際書號：978-988-78095-5-5

承印：出版工房有限公司

定價：港幣 $98.00（平裝）　港幣 $120.00（精裝）